作家榜®**经典名著**

读经典名著，认准作家榜

大方
'91

万叶集
まんようしゅう
Ⅲ

中信出版集团｜北京

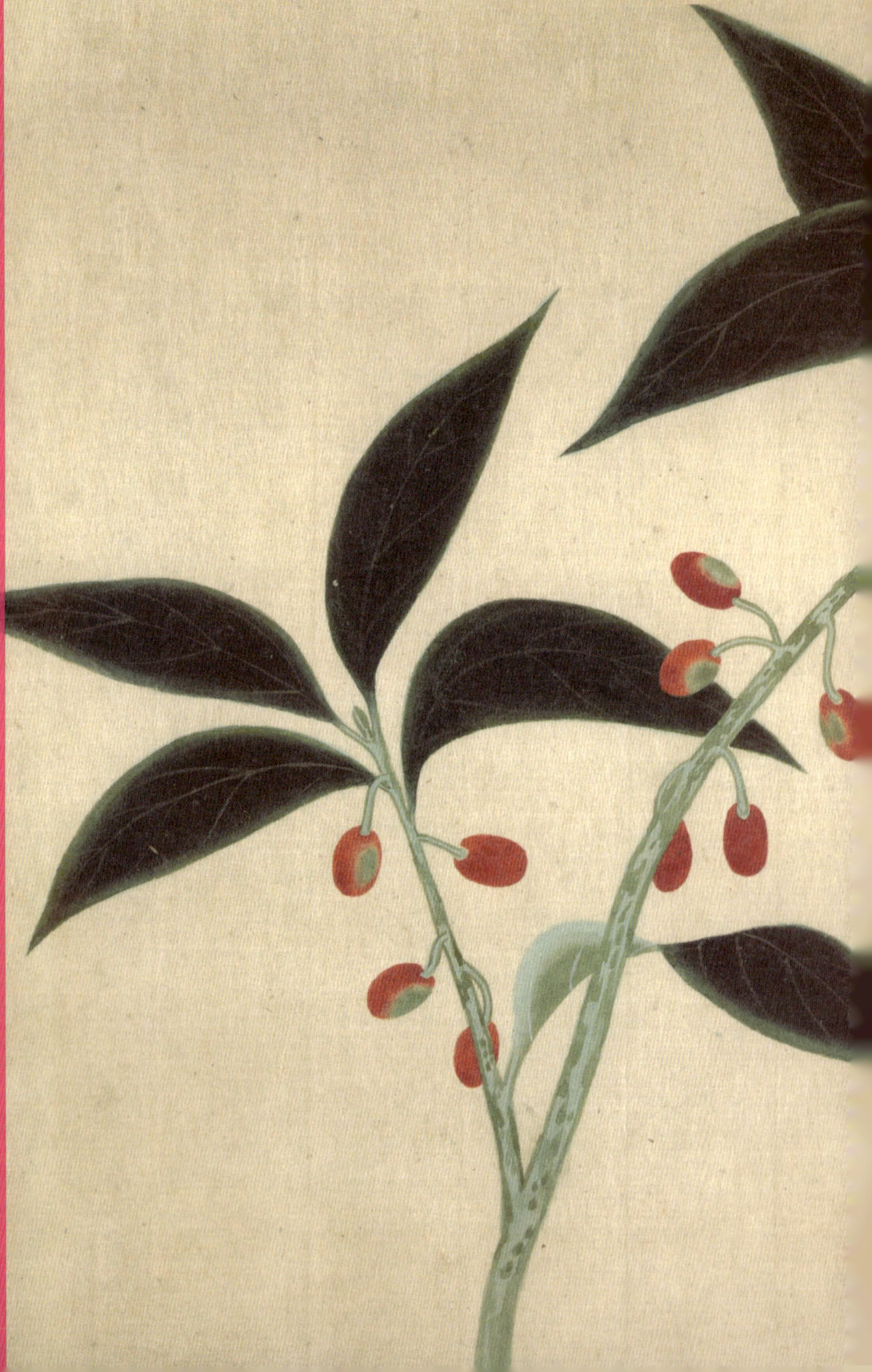

目　录

卷　九	1664—1811	001
卷　十	1812—2350	099
卷十一	2351—2840	289
卷十二	2841—3220	443
卷十三	3221—3347	569

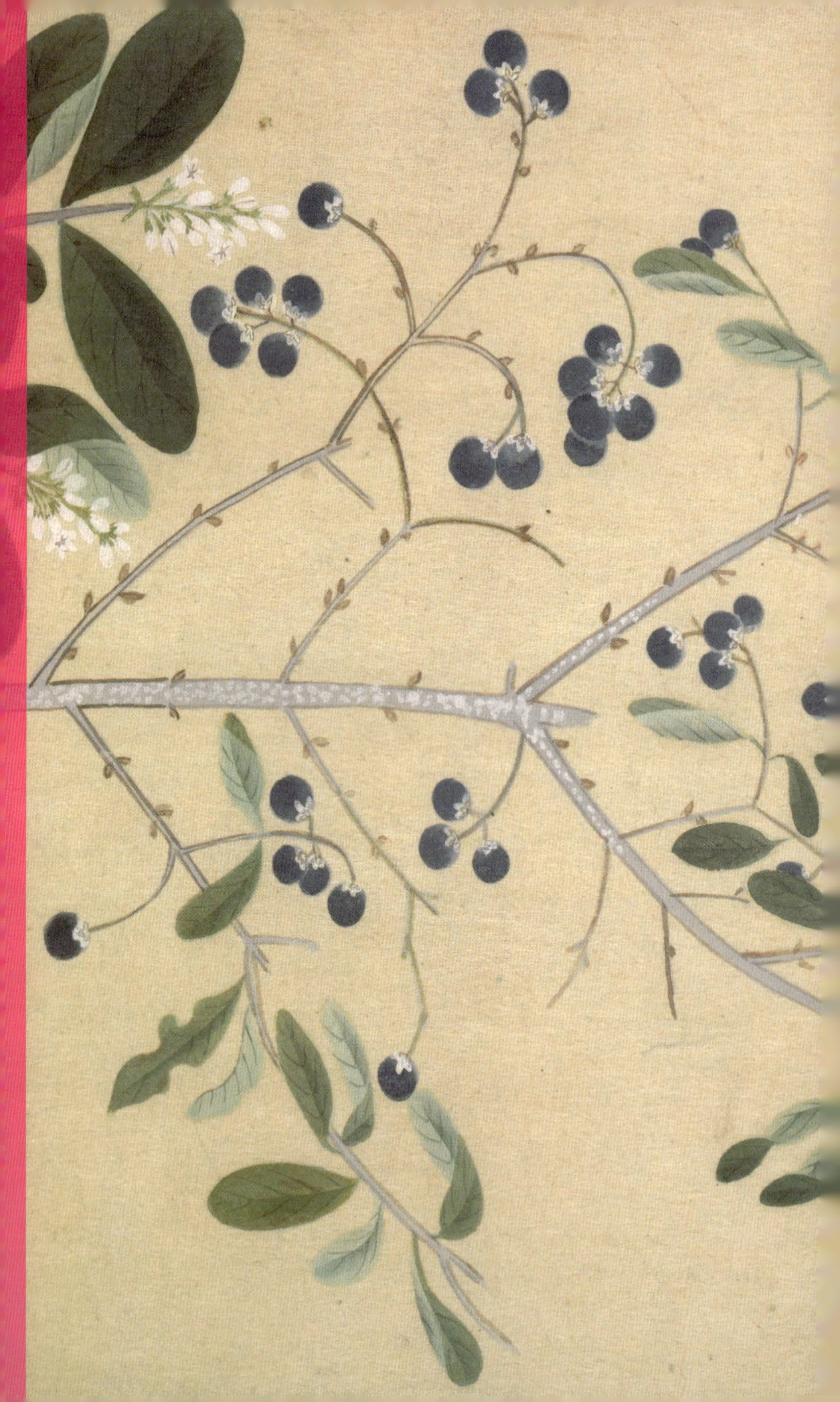

卷 九

鴨　神坂雪佳

杂 歌

泊濑朝仓宫[1]御宇大泊濑幼武天皇[2]御制歌一首

1664　傍晚的小仓山上
　　　伏卧的鹿没鸣叫
　　　已经睡着了吗

　　　此歌，或本云，冈本天皇御制。不审正指。因以累载。

1. 泊濑朝仓宫：雄略天皇的皇居，推测位于奈良县樱井市黑崎小字天森林附近。
2. 大泊濑幼武天皇：雄略天皇的日本国风式名号。

冈本宫御宇天皇[1]幸纪伊国时歌二首

我为你采珍珠　1665
把珍珠带到岸边
海上的白色浪花

朝露打湿的衣服未干　1666
你一人翻山越岭吗

此二首，作者未详。

1.冈本宫御宇天皇：舒明和齐明两位天皇都称冈本宫御宇天皇，但此歌中提及纪伊行幸，见于齐明纪四年（658年）。十月十五日，出发赴纪温泉，翌年正月还幸。

大宝元年辛丑冬十月，
太上天皇大行天皇幸纪伊国¹时歌十三首

1667　为你寻找珍珠
　　　把珍珠带到岸边
　　　海上的白色浪花

　　　此一首，上见既毕。但，歌辞小换，年代相违。
　　　因以累载。²

---

1. 太上天皇大行天皇幸纪伊国：太上天皇，即持统天皇。大行天皇，即文武天皇。大宝元年（701年）九月十八日，出发赴武漏温泉（白滨温泉），十九日还幸。卷一·54、55及卷二·146都是在此行作的歌。
2. 正如左注所记，这首歌是卷九·1665的异传歌，歌词稍有不同，而且是不同年代的歌作。可能是后人模仿古歌而作的。卷九·1667—1709出于《柿本人朝臣麻吕歌集》。

满潮 桥本关雪

1668　白崎¹请安心等待
　　　大船插满楫桨
　　　归来再相见

1669　三名部的海湾²
　　　不要涨满潮水
　　　想看到鹿岛³上
　　　垂钓的渔夫归来

1670　清晨划船出港
　　　我要去由良崎
　　　看垂钓的渔夫
　　　去去就归来

1. 白崎：和歌山县由良町大引有石灰岩的白色海岬，位于汤浅湾南端，大引浦北端。
2. 三名部的海湾：和歌山县日高郡南部町的海滨。
3. 鹿岛：在和歌山县南部町大字埴田，由南北两岛组成，距海岸五百米左右，古时有沙洲相连。

由良崎好像已退潮　　1671
　在白神矶的海湾[1]
　　正在拼命划桨

黑牛海滩[2]正退潮　　1672
　提起红裙行走的
　　是谁家的姑娘

风莫海滨[3]的白浪　　1673
　白白涌向这里
　　没有人观赏

此一首，山上臣忆良《类聚歌林》曰：长忌寸意吉麻吕应诏作此歌。

1. 白神矶的海湾：关于白神矶的位置有多种推测：一是和歌山县有田郡浅町栖原有栖原山（又称白上山）边的海，二是白崎，三是神谷崎附近的海。无定论。
2. 黑牛海滩：位于和歌山县海南市黑江舟尾一带。
3. 风莫海滨：所在不详。也记作"风无"，能登半岛西石川县羽咋郡富来町、大分县臼杵市及佐伯市都有天然良港。有一种观点认为是和歌山县西牟娄郡白滨町的网不知湾。

1674　心上人的使者
　　　今天要经过
　　　出立的松林[1]吗

1675　越过藤白的山坡[2]
　　　衣袖被泪水沾湿

1676　背山[3]红叶落不绝
　　　神冈山[4]上的红叶
　　　今天也在飘落吧

1. 出立的松林：出立，今田边市元町仍留有出立庄的古名。小学馆《新编日本古典文学全集》认为是表示地形的普通名词，指水平延伸的地形。"松林"的"松"matsu和"等待"matsu的意思相关。
2. 藤白的山坡：指藤白坂，今和歌山县海南市藤白坂，有间皇子被绞首之地。参见卷二·141。
3. 背山：位于大和与纪伊交界的山，为当时旅行者所瞩目的山，也是重要的作歌素材。
4. 神冈山：可能指的是明日香的神名火山或雷岳。

在大和会听说吧　　1677
　砍来大我野[1]的竹叶
　　在旅途中野宿

从前纪伊国的猎人　　1678
　用鸣镝猎鹿
　　就在那个山坡上

我不断去纪伊国　　1679
　请妻神社[2]赐妻子
　　因为名字是妻

此一首，或云，坂上忌寸人长作。

---

1. 大我野：今和歌山县桥本市东家、市胁附近。
2. 妻神社：关于妻神社的位置有两种说法，一是桥本市妻，二是和歌山市平尾，不明。

后人歌二首

1680　你在去纪伊国的路上
　　　今天翻越信土山¹吧
　　　请不要下雨啊

1681　把我留下思恋
　　　你今天正在翻越
　　　白云缭绕的山吗

1 信土山：前出，见卷七·1192 注释。

富士十景・御来光　吉田博

献忍壁皇子歌一首

（咏仙人形[1]。）

1682　冬夏一起过吗
　　　皮裘和扇子
　　　什么都不舍弃
　　　山中居住的仙人

献舍人皇子歌二首

1683　牵着阿妹的手
　　　折花枝插在发间
　　　鲜花正在开放

1684　春山已飘落了吧
　　　三轮山含苞欲放
　　　等待你到来

1. 仙人形：即仙人像，很可能是指屏风画中的仙人图。当时在贵族和官僚间，有以屏风画为主题作歌的风尚。

泉河¹边间人宿祢作歌二首

眼望河滩的激流　　**1685**
　如散乱的珍珠
河流总是这样吗

牛郎头上的珍珠　　**1686**
为思恋妻子凌乱
散落在这个河滩

鹭坂²作歌一首

鹭坂山松荫下　　**1687**
　搭茅庐野宿
已经夜阑更深

---

1. 泉河：又记作泉川，木津川流经京都府相乐郡内的部分。
2. 鹭坂：位于今京都府久世郡城阳町久世。

名木河[1]作歌二首

1688　能有烘干的人吗
　　　湿衣服寄往家中
　　　是旅途中的见证

1689　沿着礁矶航行
　　　穿过杏人滨[2]
　　　陷入思恋中

---

1. 名木河：又记为名木川，位置不明。《和名抄》山城国久世郡中有那纪的乡名，那纪与名木（naki）相同。
2. 杏人滨："杏人"二字古来难解，作为地名的话，所在不明。

高岛作歌二首

高岛[1] 的阿渡川[2]   1690
波浪喧嚣不已
我深深思念家乡
旅宿太悲凉

旅途的深夜里   1691
月亮隐入高岛山[3]
令人感到惋惜

---

1. 高岛：位于今滋贺县高岛郡。
2. 阿渡川：又记作阿户川、安昙川。前出，见卷七·1238注释。
3. 高岛山：东西向横亘连绵，在明神崎伸入湖中，主峰叫岳峰。

纪伊国作歌二首

1692 不见思恋的阿妹
　　 我一人在玉浦[1]
　　 铺上衣服独眠

1693 黎明时总是叹息
　　 夜里无人相拥
　　 一人独自入眠

---

1 玉浦：前出，见卷七·1202 注释。

红色衣领　山川秀峰

鹭坂作歌一首

1694　鹭坂山白杜鹃
　　　请将我染白
　　　让阿妹看看

泉河作歌一首

1695　阿妹门前的泉川
　　　湿滑有残雪
　　　现在还是冬天吗

名木河作歌三首

站在名木河边　1696
春雨把我淋湿
家人在思念吗

像是家人的使者　1697
我在躲避春雨
还是被淋湿了

能有烘干的人吗　1698
家人让春雨传信

宇治河作歌二首

1699 巨椋的河口
听伏见的田野上
好像有大雁飞过

1700 山吹的河滩
秋风在呼啸
大雁在云中飞翔

献弓削皇子歌三首

已经夜深人静　　1701
传来雁鸣的天空
能看见月亮移动

阿妹家的附近　　1702
频频传来雁鸣
夕雾中飞鸣而过
令人无限哀伤

云中响起雁鸣　　1703
等待山中红叶
时节已经过去

献舍人皇子歌二首

1704 是多武的山峰
云雾太浓重吗
细川的河滩上
波浪喧嚣奔流

1705 渴望冬去春来
我期盼树木结果

舍人皇子御歌一首

1706 夜里升起云雾
笼罩在高屋[1]上

---

1. 高屋：有一般名词和地名两种说法。作为一般名词，即建于高处的居室。作为地名又有诸种推测，一是河内国古市郡高屋村，二是大和国城上郡高屋安倍神社之地，三是同国城上郡阿倍村高家。具体所在不明。

鹭坂作歌一首

山代久世的鹭坂　1707
自神代时起
春天萌新芽
秋天落叶飘

泉河边作歌一首

马儿嚼着青草　1708
越过咋山[1]的大雁
没留下任何传言
便飞过旅宿的小屋

1.咋山：京都府缀喜郡田边町字饭冈一带的饭冈，在木津川的西岸。

献弓削皇子歌一首

1709　南渊山[1]的岩石上
　　　还残留着薄雪吗

　　　此歌，《柿本人麻吕之歌集》所出。

1710　阿妹在收割
　　　浸湿了红衣裙
　　　收割无法收藏
　　　在仓无的海滨[2]

1711　经过无数海岛
　　　只有粟小岛
　　　让人看不够

　　　此二首，或云，柿本朝臣人麻吕作。

---

1. 南渊山：今奈良县高市郡明日香村稻渊山。
2. 仓无的海滨：据推测是大分县中津市龙王町海岸，但无确论。

败苇滩头舣孤舟一钓船尖林
残照凌寒糁叶冻涂中
甲申六月冒於钦田窝居沂野草译甬

雪中山水 高桥草坪

登筑波山咏月一首

1712　夜里没一丝云彩
　　　渡过夜空的月亮
　　　沉落令人惋惜

幸芳野离宫时歌二首

1713　从瀑布旁的三船山
　　　飞到秋津来鸣叫
　　　布谷鸟在呼唤谁

1714　飞落的激流
　　　被岩石阻挡
　　　堰塞成河湾
　　　映照出月亮

　　　此三首,作者未详。

槐本[1]歌一首

乐浪比良的山风　　1715
　吹向了湖面
　看垂钓的渔夫
　袖口在飘动

山上歌一首

白浪涌向岸边　　1716
　松树上的币帛
　经过了多少岁月

此一首，或云，川岛皇子[2]御作歌。

---

1. 槐本：疑是"柿本"的误记。另有一说认为是"掫本"的误记。
不明。但很大程度上可以断定是氏名。
2. 川岛皇子：前出，见卷一·34 注释。

春日歌一首

1717 三川[1]的深渊浅滩
四下撒网捕鱼
河水溅湿了衣袖
没有人来晾干

高市歌一首

1718 喊着号子的航船
已经停泊在
高岛的阿渡港吗

---

1. 三川：不详，有多种观点，一是滋贺县大津市下坂本町的四谷川，二是爱知县的矢作川，三是统指矢作川、丰川、境川。

春日藏¹歌一首

隐没月亮的云啊　　**1719**

在海岛的阴影里

不知船泊何处

此一首，或本云，小弁²作也。或记姓氏无记名字，或称名号不称姓氏。然依古记³便以次载。凡如此类，下皆放⁴焉。

---

1. 春日藏：即春日藏首老。前出，见卷一·56 注释。
2. 小弁：前出，卷三·305 左注及卷九·1734 歌名皆为同人，但何者不明。
3. 古记：即古代的记录，什么书中的记录不明。
4. 放：同"仿"。

元仁歌三首

1720　一同策马翻山来
　　　今天看到吉野川
　　　何时再来观赏

1721　恨天色已日暮
　　　清清的吉野川
　　　让人观赏不够

1722　吉野川浪滔滔
　　　看不见湍急的河湾
　　　此后会想念吧

渔翁　横山大观

绢[1]歌一首

1723 金袄子鸣叫
清澈的六田川[2]
杨树根深入河岸
百看不厌的河

岛足歌一首

1724 想看才有效果
吉野川水声淙淙
越看越想看

---

1. 绢：是男性名字的略写还是女性的名字不明。
2. 六田川：吉野川流经奈良县吉野郡吉野町六田及同郡大淀町北六田地域一段的名字。

麻吕[1]歌一首

古时的贤人们　　1725
游览的吉野川
让人观赏不够

此歌,《柿本朝臣人麻吕之歌集》出。

丹比真人歌一首

难波海滩正退潮　　1726
割海藻的渔家女
请说出你的名字

和歌一首

只是个打渔的人　　1727
对枕草而宿的旅人
我不能说出名字

---

1. 麻吕:按左注记载的,应是柿本朝臣人麻吕的歌作。

石川卿[1]歌一首

1728 今夜安心而眠
明天将思恋吧
从这里离别后

---

1. 石川卿：推测可能是石川石足的儿子年足，天平七年（735年）从五位下，天平十一年任出云守，因善政受赏，历任东海道巡察使、陆奥守、春宫员外亮，左中弁、式部卿兼紫微大弼、参议等职。天平胜宝五年（753年），从三位，任大宰帅。天平宝字六年（762年）九月，任御史大夫正三位兼文部卿时殁。

宇合卿[1]歌三首

黎明时的梦境　　1729
　如浪涛越过
　梶岛[2]的礁矶
记得如此清晰

山科石田的小野[3]　　1730
　眼望柞树林
想你在山路上吧

山科石田的神社　　1731
　如果献上币帛
能见到阿妹吧

1. 宇合卿：藤原宇合，前出，见卷一·72注释。
2. 梶岛：《八云御抄》认为梶岛位于丹后国。因宇合任国西海道节度使，有说法认为是福冈县宗像郡玄海町神凑海中的胜岛。不详。
3. 山科石田的小野：今京都市伏见区石田町一带。

碁师[1]歌二首

1732　大叶山[2]升起云雾
　　　已经夜色阑珊
　　　还不知船泊何处

1733　路过后让人思念
　　　又回头来观赏
　　　水尾崎[3]真长[4]的湖湾

---

1. 碁师：有碁檀越的说法，前出，见卷四·500注释。壬生本和纪州本中记为"基"，可能是在法号的一字之后加上了师字。
2. 大叶山：前出，见卷七·1224。
3. 水尾崎：滋贺县高岛郡与滋贺郡交界处的明神崎。
4. 真长：位于明神崎的北部。

少弁歌一首

船过高岛的阿渡港　　1734
行驶在盐津¹菅浦²吧

伊保麻吕歌一首

三重河³的礁石下　　1735
愿金袄子永远鸣叫

---

1. 盐津：滋贺县伊香郡西浅井村盐津，琵琶湖北端。
2. 菅浦：西浅井村菅浦，在盐津的西南方向。
3. 三重河：今三重县三重郡内部川，发源于四日市市西境的镰岳，主要流经四日市市，向东南流至盐滨，注入大海。

赤目千手瀧　川瀬巴水

式部大倭[1]芳野作歌一首

高山上的激流　　1736
如木棉花飘落
夏身[2]的河面
令人观赏不够

兵部川原[3]歌一首

经大泷[4]来到夏身　　1737
望河滩一片清新

---

1. 式部大倭：式部的名为大倭之人，但大倭是否是氏名不详。
2. 夏身：吉野宫瀑布的上游段，今吉野郡吉野町菜摘。
3. 兵部川原：兵部的姓川原的官人，具体不详。
4. 大泷：吉野宫瀑布附近水流湍急的水域。今吉野郡川上村有大泷这个名字，在菜摘的上游地区。

咏上总末[1]珠名娘子一首并短歌

1738 与安房相连的末
有位姑娘叫珠名
酥胸宽又丰满
腰似细腰蜂
容貌端庄美丽
如花儿含笑挺立
行人忘记了赶路
不请便来到门前
邻人离开妻子
殷勤献上钥匙
众人如此迷恋
据说骄慢的少女
更加恣意游戏

反歌

1739 如果门前有人来
深夜也起身出迎

1. 上总末：上总为古代日本的国名，与下总、安房为今千叶县的一部分。末，又记作"周淮"，今千叶县君津郡的一部分。

◎ 卷九·1738—1760 为《高桥虫麻吕歌集》中的歌。

浴后　北野恒富

咏水江浦岛子[1]一首并短歌

1740　春天升起云霞
　　　来到墨吉[2]海岸
　　　望摇晃的钓船
　　　想起远古的传说
　　　水江的浦岛子出海
　　　钓鲣鱼和鲷鱼
　　　七天没有回家
　　　航行过了海界
　　　遇见海神的女儿
　　　相互立下誓言
　　　前往常世之国[3]
　　　海神奇妙的宫殿
　　　二人携手而入
　　　永远不老不死
　　　可是这个傻瓜
　　　这样对阿妹说
　　　我先回家一会儿
　　　将此事告知父母
　　　明天我就回来
　　　阿妹听罢开口说
　　　想再回到常世国
　　　像现在这样相聚
　　　决不要打开
　　　这个梳妆匣

立下坚定的誓言
返回到了墨吉
却看不到家园
也找不到乡里
感到不可思议
离家刚刚三年
不见墙垣房屋
打开这个梳妆匣
能现出原来的家吧
刚打开梳妆匣
便飞出一朵白云
飘往常世国
挥动衣袖呼喊
顿足捶胸打滚儿
转眼失神落魄
肌肤布满皱纹
黑发变成白发
最终气绝身亡
水江浦岛子的家
至今还能看到

1. 水江浦岛子：水江原为地名，可能后来变成了氏名。浦岛为名，子为爱称。逸文《丹后国风土记》中有屿子，《扶桑略记》中也记有这个异乡访问型的故事。
2. 墨吉：可能指大阪的住吉。
3. 常世之国：古代日本人信仰的不老不死、永久不变的理想之境。最早出现在《古事记》的神话中。

反歌

1741 本应住在常世国
都怨自己太任性
这个愚蠢的人啊

见河内大桥[1]独去娘子歌一首并短歌

片足羽川上　1742
有座红色的大桥
提起鲜红的裙裾
身穿蓼蓝染的上衣
独自过桥的少女
你有夫君吗
是一人独眠吗
我想问问阿妹
不知家在哪里

反歌

如果桥头有家　1743
一人赶路的少女
可以在此借宿

1.河内大桥：河内国（大阪府东部）片足羽川的大桥。

賞櫻　扬洲周延

048 | 049

见武藏¹小埼²沼鸭³作歌一首

1744　埼玉小埼的池沼
　　　野鸭在抖动羽毛
　　　似乎想抖落掉
　　　尾巴上的冰霜

那贺郡⁴曝井⁵歌一首

1745　那贺对面的泉井
　　　汩汩喷涌不绝
　　　那里有阿妹该多好

1. 武藏：即武藏国，今东京都、神奈川县及埼玉县一带地域。
2. 小埼：位于埼玉县行田市的沼泽。
3. 沼鸭：沼泽中的野鸭。
4. 那贺郡：当时诸国各地皆有那贺这一地名，可能是武藏和常陆，而以常陆的可能性最高。
5. 曝井：可能是从"洗衣之井"这样的普通名词转而变成固有名词。

手纲滨[1]歌一首

阿妹远在多珂[2]　　**1746**

虽然不认识道路

寻到手纲滨来

1. 手纲滨：茨城县高萩市赤滨海岸。
2. 多珂：原文记为"高"，发音与"多珂"taka 同。即茨城县多贺郡。
《和名抄》可见"多珂郡多珂"的地名。

春三月[1]，诸卿大夫等下难波时歌二首并短歌

1747
龙田山的激流旁
小桉岭[2]樱花开放
山高风不止
春雨下个不停
上枝飘落殆尽
下枝还残留花朵
不要立刻飘散
等你旅行归来

反歌

1748
我出门去远行
不会超过七天
龙田的神灵[3]啊
别让花随风飘散

---

1. 春三月：何年春三月未记明。
2. 小桉岭：所在不明，有研究者认为是龟濑北方留所附近的山，无法确定。
3. 龙田的神灵：原文为"龙田彦"，风之神，奈良县生驹郡斑鸠町龙田一带有龙田神社，祭祀这位神。

◎ 关于作歌的缘由诸说纷纭，一是庆云三年（706年）九月及天平六年（734年）三月的两次行幸，在行幸前进行事前检查与准备时，作歌者可能在难波；二是虫麻吕与藤原宇合的关系甚密，因当时宇合建成难波宫后受赏，因此与建宫有关的诸卿大夫等陪同宇合前往难波自行庆祝。

黄昏翻越龙田山　1749
激流旁的樱花
花开又飘落
花蕾相继绽开
不见鲜花齐盛开
你要去远行
今日最相宜

反歌

如果有闲暇　1750
想渡河到对岸
折山上的樱花

难波经宿,明日还来之时歌一首并短歌

1751　沿流向岛山¹的河
　　　昨天我翻山而来
　　　仅仅过了一夜
　　　山上盛开的樱花
　　　便随激流而下
　　　等你观赏的那天
　　　请山风不要吹落
　　　想去龙田的神社
　　　祭祀闻名的风神

反歌

1752　在相遇的山坡下
　　　樱花正在盛开
　　　想让少女来观赏

---

1. 岛山:临河形态如山的地势,一说是柏原市国分东边的芝山。

桃花　速水御舟

检税使大伴卿[1]登筑波山时歌一首并短歌

1753 想观赏常陆国中
两峰相连的筑波山
与君前来一同攀登
酷暑中汗流浃背
抓着树根气喘吁吁
在山顶请君观赏
男神允许攀登
女神也赐以恩惠
筑波山风雨不定
可眼下阳光普照
山河一览无余
心中无比欢畅
解开衣纽如在家中
无拘无束尽情游乐
比起赏春的日子
夏草更加繁茂
今日欢乐无比

---

1. 检税使大伴卿：检税使，负责查证税收物品与税收账的官吏。大伴卿，究竟是何人不明。是大伴旅人和大伴道足的可能性较大。

反歌

怎能比得上今日　1754
即使是昔日的古人
来筑波山的日子

咏霍公鸟一首并短歌

1755 从黄莺的蛋中
　　孵出一只布谷鸟
　　叫声不像爸爸
　　也不像妈妈
　　水晶花开的原野
　　飞来飞去鸣叫
　　抖落枝头的橘花
　　整日都在歌唱
　　送个礼物给你吧
　　请不要飞向远方
　　在我家的橘树上
　　一直住下去吧
　　这只可爱的小鸟

反歌

1756 浓云密布的雨夜
　　布谷鸟鸣叫飞去
　　那只布谷鸟啊

登筑波山歌一首并短歌

排遣心中的旅愁　　1757
登上筑波山眺望
师付[1]的田野上
飘散着芒草花
雁鸣声声寒
新治的鸟羽湖[2]
秋风卷起白浪
望筑波的美景
郁积在心头的忧愁
已经荡然无存

反歌

筑波山下的田野　　1758
去为秋收的少女
折来红叶吧

---

1. 师付：茨城县新治郡千代田村原有上志筑、中志筑和下志筑。《常陆国风土记》记载，信筑川（师付、志筑或信筑发音皆相同，都为shitsuku）发源于筑波山东北的山地，流经信筑，在石冈市高滨注入霞之浦。
2. 鸟羽湖：曾位于筑波山西部，《常陆国风土记》筑波郡一条中有记载："郡西十里，在腾波江。长二千九百步，广一千五百步。东筑波郡，南毛野河，西北并新治郡，艮白璧郡。"

登筑波岭为嬥歌会¹日作歌一首并短歌

1759 秃鹫栖息筑波山

   裳羽服津²的岸边

   聚集着青年男女

   相互对唱歌谣

   别人的阿妹

   在和我交欢

   自己的妻子

   和他人调情

   御统此山的神灵

   自古不禁止此事

   今天不要监视

   也不要去指责

   （嬥歌者东俗语曰贺我比。³）

---

1. 嬥歌会：是东国对歌垣（类似中国南方少数民族地区的歌墟）的称呼。嬥歌，出自《文选·魏都赋》，李善注为"巴土人歌也"，何晏注为"巴人讴歌相引牵，连手而跳歌也"。
2. 裳羽服津：可能是筑波山中某处的水边，不明。
3. 左注说东国俗语称嬥歌为"贺我比"kagahi。

反歌

男神山[1]升起云雾　　1760
即使被阵雨淋湿
我也不愿归去

此件歌者,《高桥连虫麻吕歌集》中出。

---

1. 男神山:筑波山的男体山。另有女体山。

咏鸣鹿一首并短歌

1761　三诸的神奈备山
　　　　对面的三垣山
　　　　和娇妻胡枝子
　　　　月夜相拥而眠
　　　　可惜天将拂晓
　　　　起身高声鸣叫
　　　　山谷间响起回声

反歌

1762　今夜[1]还能相会吗
　　　　起身高声鸣叫
　　　　山谷间响起回声

　　　　此件歌，或云，柿本朝臣人麻吕作。

---

1. 今夜：在原文中是"明日之夕"，当时的日本人将日落看作是一日的起点，因此，明日之夕其实是当日的黄昏。

沙弥女王歌一首

是仓桥山太高吗　　1763
深夜里的月亮
迟迟等不来

此一首,间人宿祢大浦[1]歌中既见。但末一句相换,亦作歌两主不敢正指。因以累载。

---

1. 间人宿祢大浦:所传不详。此外卷三·289、290 和卷九·1685、1686 的作者间人宿祢也被看作是此人。但未见间人大浦的歌作,末一句是什么也不明。从左注看,《万叶集》的编纂者苦于无法确证,只好将此歌排列在这里。

七夕歌一首并短歌

1764　在银河的上游
　　　　架一座渡桥
　　　　在银河的下游
　　　　放置一条船
　　　　下雨不要刮风
　　　　刮风不要下雨
　　　　别淋湿了衣裳
　　　　不断穿过渡桥

反歌

1765　银河上升起云雾
　　　　我今天等你来
　　　　好像船已启航

　　　　此件歌，或云，中卫大将[1]藤原北卿[2]宅作也。

---

1. 中卫大将：中卫府长官，负责大内的安全警卫。神龟五年（729年）设，大同二年（807年）改为右近卫府。
2. 藤原北卿：即藤原房前。见卷五·810译者说明。

屋后花 神坂雪佳

相闻

振田向[1]宿祢退筑紫国时歌一首

1766 阿妹是手镯该多好
　　　我戴在尊贵的左手

1. 振田向:振为氏名,田向是名字,所传不详。歌仅此一首。

拔气大首[1]任筑紫时,娶丰前国娘子纽儿作歌三首

丰国香春是我家　1767
已和纽儿结姻缘
　香春是我的家

石上布留的稻田　1768
　早稻不吐穗
　我暗暗思恋

永远如此相恋　1769
我不在惜生命

1.拔气大首:读法不明,诸说不一,或认为拔气为氏名,大首为姓,或认为拔为氏名,气大为名字,首为姓,无确说。

大神大夫[1]任长门守时,集三轮河[2]边宴歌二首

1770　如三诸神的衣带
　　　泊濑川水脉不绝
　　　我怎能忘记你

1771　把我留下思恋吗
　　　春雾笼罩的山岗
　　　如果你翻越而去

　　　此二首,《古集》中出。

---

1. 大神大夫:即三轮高市麻吕,任长门守的时间为大宝二年(702年)正月十七日。因壬申之乱时有功,死前官叙从三位。
2. 三轮河:初濑川流经三轮地域的部分。

山市晴岚　横山大观

大神大夫任筑紫国[1]时,阿倍大夫作歌一首

1772　把我留下思恋吗
　　　是为了去印南野
　　　观赏胡枝子的人

献弓削皇子歌一首

1773　神奈备神宿的杉板
　　　难忘强烈的恋情[2]

1. 大神大夫任筑紫国:史料中不见大神高市麻吕赴任九州的记载,可能是误记。
2. "神奈备神宿的杉板"二句:"杉板"sugi 与"难忘"omoimosugizu 中的类音 sugi 构成关联,引导出后句。

献舍人皇子歌二首

母亲说过的话　　1774
永远记心头

黄昏渡过泊濑川　　1775
来到阿妹家门前

此三首,《柿本朝臣人麻吕歌集》出。

石川大夫[1]迁任上京时,播磨娘子赠歌二首

1776　绝等寸山[2]顶的樱花
　　　在春天里开放
　　　是在思念你吧

1777　你不在身边
　　　为什么要打扮
　　　梳妆匣的黄杨梳
　　　无心拿在手中

1. 石川大夫:可能是石川君子,他于灵龟元年(715年)任播磨守。
2. 绝等寸山:所在不详,可能是兵库县姬路市的姬山或手柄山。

藤井连[1]迁任上京时,娘子赠歌一首

从明天开始　　1778
我将苦苦思恋
而你脚踏岩石
翻越名欲山[2]而去

藤井连和歌一首

希望平安无事　　1779
脚踏名欲山[2]岩
再翻山归来

---

1. 藤井连:未记名,或是藤原大成,或是藤原广成,不明。
2. 名欲山:原推测是大分县直入郡的山。现在又有竹田市木原山及三宅山的说法,不详。

鹿岛郡[1]刈野[2]桥别大伴卿歌一首并短歌

1780 　三宅[3]的海滩
　　　对面的鹿岛崎[4]
　　　备好红色的船
　　　插上精美的楫桨
　　　傍晚潮涨的时候
　　　水手们喊起号子
　　　船儿开始启航
　　　人们拥挤在岸边
　　　顿足捶胸哭号
　　　你正行驶在水面
　　　朝向前方的港湾

反歌

1781 　风平浪静启程
　　　在这样的浪涛里
　　　为什么要出航

　　　此二首，《高桥连虫麻吕之歌》中出。

---

1. 鹿岛郡：即今茨城县鹿岛郡一带。
2. 刈野：在《和名抄》中记为"轻野"。
3. 三宅：《和名抄》下总国海上郡的乡名中可见三宅的地名。今千叶县铫子市仍有三宅町。另外，常陆国鹿岛郡、下总国印幡郡也有三宅的地名，但距离轻野较远。
4. 鹿岛崎：鹿岛郡某处的深入海中的陆地。

与妻歌一首

残雪在春日消融　　1782
你的心也消融了吗
连音信也没有

妻和歌一首

变成了痴呆了吗　　1783
为什么不上京来
叫麻吕的家伙

此二首,《柿本朝臣人麻吕之歌集》中出。

赠入唐使歌一首

向哪位海神祈祷　　1784
船儿能快速来往

此一首,渡海年记未详。

神龟五年[1]戊辰秋八月歌一首并短歌

1785　转生为人很难
　　　我能转生为人
　　　生死都依恋你
　　　身为现世的人
　　　遵从大君的旨意
　　　去治理边关
　　　清晨率众出发
　　　把我留下思恋
　　　长久不能见面

反歌

1786　越国的路在下雪
　　　翻越山岭的日子
　　　请你倾心思念
　　　留在家中的我

1. 神龟五年：728年。

天平元年[1]己巳冬十二月歌 一首并短歌

身为现世的人　　**1787**
遵从大君的旨意
大和的石上布留
不解纽带和衣眠
看着污秽的衣衫
　心中更加思恋
流露伤心的神情
　怕别人察知
　冬夜难入眠
　心中思恋阿妹

反歌

从布留山望京城　**1788**
　思恋无法入眠
　相隔并不遥远

阿妹结的纽带　　**1789**
　决不能解开
　被割断也可以
　直到相见时

此五首，《笠朝臣金村之歌》中出。

1. 天平元年：729 年。

天平五年癸酉，遣唐使泊发难波入海[1]之时，
亲母赠子歌一首并短歌

1790　鹿以胡枝子为妻
　　　生下一只小鹿
　　　像这只小鹿一样
　　　我的独子要远行
　　　穿起串串竹珠
　　　斋瓮上挂木棉
　　　虔诚斋戒祈祷
　　　愿我思念的孩子
　　　一路平安无事

　　　反歌

1791　旅人在荒野露宿
　　　如果降下寒霜
　　　天上的鹤群啊
　　　请给我的孩子
　　　盖上温暖的羽毛

1. 天平五年癸酉，遣唐使泊发难波入海：天平五年（733年）四月，遣唐使多治比广成从难波出发，翌年十一月在多祢岛靠岸归国。

小鹿　池上秀畝

思娘子作歌一首并短歌

1792 珍珠般的名字
　　　不想轻易说出
　　　多日没有见面
　　　思恋在心中聚集
　　　不知该如何排遣
　　　心中充满忧伤
　　　时时刻刻挂牵
　　　我心爱的姑娘
　　　不能直接相见
　　　如山中红叶下
　　　遮掩的流水
　　　不能见上一面
　　　我深深思恋的心
　　　怎样才能平静

反歌

人们的流言蜚语　　1793
如高墙将我阻挡
没有见面的日子
已经有一个月吧

已经过了数月　　1794
虽然没有相见
难忘你的面容

此三首,《田边福麻吕之歌集》[1]出。

1.《田边福麻吕歌集》：前出，见卷六·1067注释。

夜　神坂雪佳

挽歌

宇治若郎子宫所[1]歌一首

1795　今木岭[2]茂盛的松树
　　　古人也看见过吧

---

1. 宇治若郎子宫所：宇治若郎子是应神天皇的太子，仁德天皇的异母弟，母亲为宫主宅媛。曾跟随王仁学习各种典籍。大山守命的叛乱平定后，同仁德天皇互让皇位后，为使兄顺利登基而自杀。他的行为被后代称作实践了所学之道。据推测，宇治若郎子的宫所可能位于宇治附近的山，具体所在不明。
2. 今木岭：位于吉野郡大淀町今木的附近。

纪伊国作歌四首

你像红叶一样消失　　1796
　携手嬉戏的礁矶
　看了无限悲伤

　　潮水的气息　　1797
　还残留在礁矶
　你像流水般逝去
　我来这里怀念

　　先前阿妹和我　　1798
　观赏黑牛海滩[1]
　如今无比孤独

　　玉津岛的矶浦　　1799
　让细沙染上颜色
　阿妹曾抚摸过

此五首，《柿本朝臣人麻吕之歌集》出。

---

1. 黑牛海滩：前出，见卷九·1672 注释。

过足柄坂[1]见死人作歌一首

1800
在墙内抽麻晾晒
阿妹做的白纽带
决不能解开
原本一重的纽带
能绕身缠三匝
如此消瘦虚弱
完成艰苦的差役
如今启程回乡
思念父母和阿妹
你来到了东国
在险峻的神御坂[2]
衣衫难御寒
头发乱蓬蓬
问故乡无人应
寻家园无人答
返乡的大丈夫
竟倒毙在这里

1. 足柄坂：神奈川县足柄上郡南足柄町与静冈县骏东郡小山町交界处有足柄山卡，关东路开通前曾是关东与西部的交通要道。
2. 神御坂：普通名词，表示地神统御的领域，一般处于国与国的交界处。

过苇屋处女[1]墓时作歌一首并短歌

据说昔日的壮士　　1801
　竞相来求婚
　如今我站在
　苇屋的菟原
　少女的墓前[2]
让后人永远传诵
　到这里来凭吊
　在道路的近处
用岩石修建墓冢
　道路上的行人
　走上前来感叹
有人竟失声哭泣
　传诵怀念不已
　望少女的墓地
　我也感到悲伤
　心生怀古幽情

1. 苇屋处女：传说曾住在兵库县芦屋市一带的女子，也称作菟处女，是"争妻"传说的主人公。关于她的悲剧故事在《万叶集》中多次被咏唱。《大和物语》以后直至日本的近代文学中不断有关于这个题材的作品出现。
2. "苇屋的菟原"二句：据说菟原少女的墓即神户市东滩区御影町东明一带的处女冢，战时部分被毁。

反歌

1802　昔日小竹田壮士
　　　来求婚的地方
　　　菟原少女的墓冢
　　　就坐落在此处

1803　听传说都如此爱恋
　　　壮士亲眼目睹
　　　该会是什么情形

嬉戏　北野恒富

哀弟死去作歌一首并短歌

1804 父母生我和弟弟
如同一双筷子
和睦哺育长大
弟弟如朝露消逝
无法和神灵抗争
在苇原瑞穗国
难道没有家吗
已经不再归来
遥远的黄泉国
独自离别而去
心中哀伤欲绝
不禁失声哭泣
不分白天黑夜
心中燃烧不已
在哀伤中诀别

反歌

想离别还能相逢　　1805
　可是为何如此
　心烦意乱思念

经旷野送到荒山　　1806
　归来无比悲痛

此七首,《田边福麻吕歌集》出。

咏胜鹿真间娘子[1]歌一首并短歌

1807　东国古代的故事
　　　一直流传到今天
　　　胜鹿真间的手儿奈
　　　纯麻织的衣服
　　　镶着蓝色的领口
　　　发间没有梳子
　　　光着双脚走路
　　　锦缎中长大的宠儿
　　　也比不上手儿奈
　　　容貌满月般光艳
　　　笑脸鲜花般迷人
　　　如夏虫向往灯火
　　　如航船向往港湾
　　　男人们纷纷求婚
　　　为何不珍惜生命
　　　为何要想不开
　　　浪涛咆哮的港湾
　　　手儿奈躺在墓中
　　　远古时的事情
　　　就像发生在昨天

1. **胜鹿真间娘子**：前出，见卷三·431注释。

反歌

看胜鹿真间的水井　1808
怀念汲水的手儿奈

见菟原处女¹墓歌一首并短歌

1809 苇屋菟原少女
从八岁到结发前
邻居也不见身影
隐居在闺房中
前来观看的人们
急切围成人墙
到了求婚的年龄
千沼和菟原壮士
展开激烈的角逐
手里握着大刀
肩背弓箭箭囊
不辞水火决斗
少女对母亲说道
为了贫贱的我
大丈夫在相争
即使活下来
也不能结婚
我去黄泉等待
少女暗自悲叹
不久便离开人世
千沼壮士当夜梦见
追随少女而去
留下的菟原壮士
不禁呼天喊地

咬牙跺脚发誓
怎么能输给对手
取下肩上的大刀
也追随少女而去
亲人们聚集起来
要留作永久纪念
后世代代相传
建起了少女墓
两边有壮士墓
听了这个传说
也不知真相如何
竟如新丧般大哭

---

1. 菟原处女：又称苇屋处女，详见卷九·1801。

反歌

1810　苇屋菟原少女墓
　　　去也看来也看
　　　不禁失声哭泣

1811　墓上覆盖着树枝
　　　据说千沼壮士
　　　得到了少女的心

　　　此五首,《高桥连虫麻吕之歌集》中出。

青柳　小村雪岱

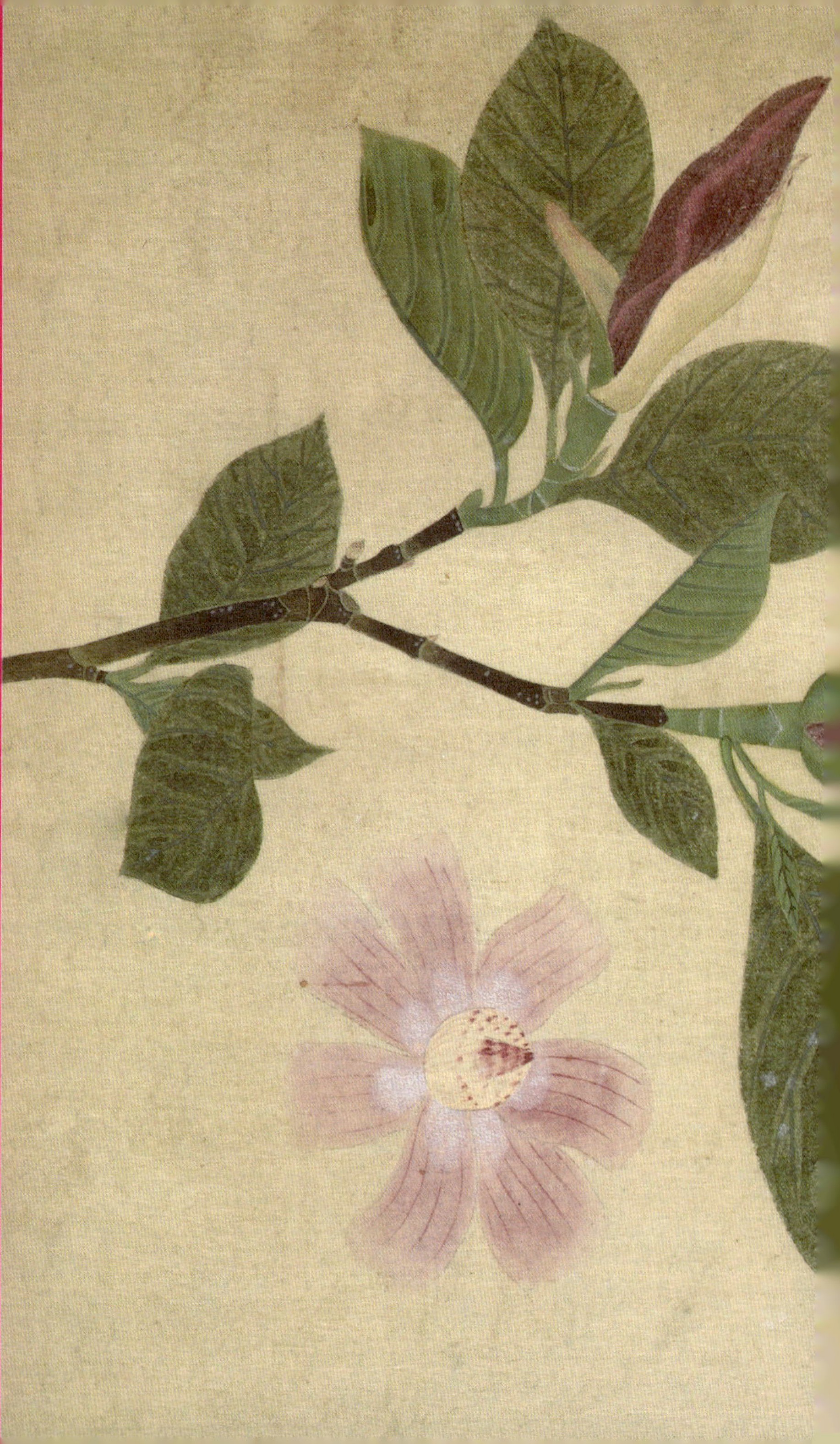

卷十

清姫・入相櫻　小林古径

春杂歌

1812　香具山[1]升起夕雾
　　　好像春天已来临

1813　卷向桧原的春雾
　　　如果态度暧昧[2]
　　　能辛苦来这里吗

1814　古人种下的杉树
　　　枝干云雾缭绕
　　　好像春天已来临

1. 香具山：前出，见卷一·2注释。
2. "卷向桧原的春雾"二句：第一句是全歌的序，引导出下一句如云一般态度暧昧的意思。卷向桧原，奈良县矶城郡大三轮町一带，古时曾有桧原。

卷向山春来的时候　　1815
　枝叶上云雾缭绕

到了黄昏的时候　　1816
　弓月岳[1]升起烟霞

　今朝先归去　　1817
　明天还会来
　是在叮嘱吧
　朝妻山[2]的烟霞

想冠上你的名字　　1818
　朝妻山的斜坡上
　　笼罩着云雾

此歌，《柿本朝臣人麻吕歌集》出。

1. 弓月岳：卷向山的高峰。
2. 朝妻山：奈良县御所市朝妻一带的山。

花鸟 水上泰生

咏鸟

好像春天已来临　　1819
我园中的柳梢上
　黄莺正在鸣叫

梅花盛开的山冈　　1820
在家中常能听到
　黄莺的鸣叫声

伴随春雾飞来　　1821
　口衔青柳枝
鸣叫的黄莺啊

莫越山的布谷鸟　　1822
快去把他喊回来
　天还没有亮

1823　清晨飞到堤堰上
　　　鸣叫的布谷鸟啊
　　　你也在爱着他吗
　　　一直叫个不停

1824　冬去春来到
　　　山林和田野
　　　黄莺在鸣叫

1825　紫草的根茎延伸
　　　在春天的横野[1]
　　　我在思念你啊
　　　黄莺正在鸣叫

1. 横野：大阪市生野区巽大地町式内横野神社附近。

春天已经来到　1826
求偶的黄莺
在树梢上蹦跳
不停地鸣叫

鸣叫着飞过　1827
春天的羽易山[1]
朝佐保飞去
布谷鸟在唤谁

没有人回答　1828
别再鸣叫啦
布谷鸟在佐保山
飞上又飞下

1.羽易山：奈良某处的山，但所在不明。历来有各种说法：一是面对三笠山、远眺春日山的话山，其形态类似展开的鸟翅；二是白毫寺上方的山；三是嫩草山。

1829　住在春山附近
　　　能不断听到吧
　　　黄莺的叫声

1830　春天来临的时候
　　　尾羽扑打细竹叶
　　　鸣叫的黄莺啊

1831　被晨雾打湿
　　　看布谷鸟鸣叫
　　　飞过三船山[1]

1. 三船山：位于吉野宫瀑布附近，即今奈良县吉野郡吉野町菜摘的东南方向一带。

咏雪

春天已经来临　1832
天空云雾相连
还在飘着雪花

梅花被雪花覆盖　1833
想包起来送给你
正在手中融化

盛开的梅花飘落　1834
庭中落满白雪

现在还下雪吗　1835
阳气蒸腾的春天

朝雪　川合玉堂

虽然风雪交加　1836
烟霞正在升起
春天已经来临

山中黄莺鸣叫　1837
已经到了春天
可大雪还在下

　山上的积雪　1838
随风飘落此处
　虽然已是春天

此一首，筑波山作。

山上的水泽里　1839
为你采黑慈姑
　融化的雪水
　浸湿了裙裾

1840　在梅枝鸣叫跳跃
　　　黄莺的羽毛上
　　　落满白色雪花

1841　高山上降下飞雪
　　　是梅花在飘落吧

1842　不要忽视飞雪
　　　只眷恋梅花
　　　家住山下的你啊

　　　此二首，问答。

咏霞

昨天刚送走旧岁 1843
春日山已升起云霞

好像冬去春来 1844
旭日照耀春日山
　升起了烟霞

好像春天已来到 1845
春日山上的云雾
　夜里也能看到

咏柳

1846 寒霜中干枯的冬柳
　　　为观赏的人萌发
　　　编花冠的枝芽

1847 以为染上了浅绿
　　　细看是春柳萌芽

1848 山那边还在下雪
　　　这里河柳已发芽

1849 山那边雪未融化
　　　涨水的河岸边
　　　柳树已经发芽

我朝朝盼望　1850
　柳树能成荫
　黄莺飞来鸣叫

细柔的青柳丝　1851
没被春风吹乱时
希望你能来观赏

宫人们做花冠　1852
　美丽的垂柳
　让人观赏不够

取来梅花观赏　1853
想起园中的柳树
　眉毛般的嫩叶

咏花

1854 黄莺在枝头跳跃
　　　梅花已经飘落
　　　樱花的花期临近

1855 樱花花期未过
　　　赏花人最怀恋
　　　盛开的时刻
　　　现在飘落了吧

1856 我发间的柳丝
　　　在风中凌乱
　　　阿妹发间的梅花
　　　被风吹落了吗

1857 梅花年年开放
　　　可活在世上的我
　　　却没有春天

鸟儿不会衔走　　1858
却想拦起绳索
　来守护梅花

高山下一片洁白　　1859
是梅花在盛开吗

只开花不结果　　1860
久盼的棣棠花

映在能登川[1]的水底　　1861
三笠山盛开的樱花

---

1. 能登川：发源于春日山，经奈良市南向西流，注入佐保川。

1862　望残雪还是冬天
　　　可是梅花已在
　　　春雾里飘散

1863　去年开花的梧桐
　　　今年正在开放
　　　落到地上了吗
　　　没有人来观赏

1864　辉映山谷的樱花
　　　春雨中飘落了吗

1865　春天好像已来临
　　　能看见远山上
　　　树梢樱花正开

夜樱　高畠华宵

1866　高圆山野鸡鸣叫
　　　樱花正在飘落
　　　希望有人来观赏

1867　阿宝山[1]的樱花
　　　今天将飘落吧
　　　没有人来观赏

1868　金袄子在鸣叫
　　　吉野川的激流旁
　　　盛开的马醉木
　　　千万不要忽视

1869　不敌春雨催促
　　　我园中的樱花
　　　已经开始绽放

1. 阿宝山：历来有两种说法，一是奈良市佐保丘陵，一是三重县名贺郡青山町西部的山。具体所在不明。

春雨别太大　　1870
还没有赏樱花
散落令人惋惜

春来梅花飘落　　1871
令人感到惋惜
暂时不要开放
只是结着花蕾

遥望春日野　　1872
升起一片云霞
是樱花盛开吧

何时能天明　　1873
看黄莺跳枝头
抖落一地梅花

咏月

1874　今日春雾笼罩
　　　夜里会有月光吗
　　　在高松[1]的原野上

1875　春来绿树成荫
　　　山阴月色朦胧

1876　春日里度过一天
　　　望林间的月亮
　　　何时才能出来

---

1. 高松:可能是奈良县高圆山或爱知县一宫市萩原町高松,具体不明。

咏雨

虽说只是春雨 　1877
去阿妹家避雨
路上暮色降临

咏川

现在想去倾听 　1878
明日香川降春雨
河滩激流的声响

咏烟

春日野升起烟雾 　1879
采野菜的少女们
　正在煮野菊吧

野游

1880　春日野的茅草上
　　　野游的伙伴们
　　　能忘记今天吗

1881　烟霞映照春日野
　　　我们去那里相聚
　　　希望年年如此

1882　春日野令人心动
　　　伙伴们相聚的今天
　　　暮色不要降临

1883　官人们正空闲吧
　　　头发上插着梅花
　　　正在这里相聚

叹旧

冬去春来岁月新　1884
　只有人在衰老

万物皆是新的好　1885
　可人是老的好

欢逢[1]

去住吉的乡里　1886
　心如春花怒放
　想和你相会

---

1. 欢逢：重逢而欢喜。

旋头歌

1887　春天的三笠山
　　　月亮不快出来吗
　　　想观赏佐纪山上
　　　盛开的樱花

1888　白雪皑皑的冬天
　　　好像已经过去
　　　春雾笼罩的原野
　　　黄莺正在鸣叫

譬喻歌

1889　我园中的山桃树下
　　　夜里洒满月光
　　　近来不知为何
　　　心里充满欢喜

春相闻

清姬·入相樱 小林古径

1890　春山的黄莺
　　　鸣叫着离开同伴
　　　在归来之前
　　　请你想起我

1891　冬去春又来
　　　折盛开的花朵
　　　思恋一千遍

1892　春山雾里迷路
　　　黄莺比我迷茫吗

1893　出门望对面的山
　　　枝繁鲜花盛开
　　　不结果不罢休

雾笼春日长　　1894
整天都在思恋
　夜深人静时
　能见到阿妹吗

春天来到的时候　　1895
　黄瑞香先开放
　此后也能见面
　阿妹不必思恋

春天来到的时候　　1896
　垂柳柔软的枝条
　阿妹占满心头

此歌，《柿本朝臣人麻吕歌集》出。

寄鸟

1897　春天来到的时候
　　　如草丛中的伯劳
　　　看不见也要眺望
　　　你所在的方向

1898　布谷鸟鸣叫不停
　　　春野青草繁茂
　　　我不断思恋

寄花

1899　春天来到的时候
　　　水晶花正败落
　　　我曾经翻过
　　　阿妹家的墙垣
　　　已经如此荒凉

梅花开又落　1900
我来到园中
等候你的使者

波浪般盛开的藤花　1901
在春天的原野上
如葛蔓一样延伸
藏在心里的恋情
要多久能有结果

春野上升起云霞　1902
鲜花处处盛开
你却不来相会

我对你的思恋　1903
如深山的马醉木
如今正在盛开

1904 梅花垂柳相映
　　　如果向花礼拜
　　　能和你相会吗

1905 佐纪的原野
　　　盛开的白杜鹃
　　　不知为了什么
　　　你遭到人非难

1906 我不让梅花飘散
　　　希望奈良的人
　　　不断来观看

1907 如果早知如此
　　　何必要种植
　　　像棣棠花的名字
　　　让人思恋不已

梅花　酒井抱一

寄霜

1908　春天来到的时候
　　　水草上冰霜融化
　　　我在不断思恋

寄霞

1909　山上升起春霞
　　　隐约看到阿妹
　　　日后会思恋吧

1910　春霞升起的日子
　　　一直到今天
　　　我不断思恋
　　　心中激动不已

思念红颜少女　1911
霞映的春日里
暗自思恋不已

虽然我不是　1912
山上的云霞
无论站或坐
都凭你安排

望春日野的云霞　1913
想看见你的身影

思恋中度过今天　1914
明天的云雾中
该如何度过春日

寄雨

1915　对心上人的思恋
　　　让人无法忍受
　　　不知春雨在飘落
　　　就这样走出门外

1916　现在你无法归去
　　　春雨留人的用意
　　　你不会不知晓

1917　绵绵的春雨
　　　能湿透衣服吗
　　　如果下上七天
　　　七天都不来吗

1918　打散梅花的春雨
　　　起劲下个不停
　　　旅途上的你
　　　正结庐而宿吧

寄草

据说国栖[1]的人们　　1919
　来这里摘春菜
在司马的原野[2]上
　正不断思念你

我春草般的思恋　　1920
　如同大海上
涌向岸边的浪
　蓄积了千万重

隐约看见了你　　1921
　如同菅草根
漫长的春日
独自思恋不已

---

1. 国栖：奈良县吉野郡吉野川上游曾有国樔村。
2. 司马的原野：所在不详，推测可能在国栖一带。

白梅　酒井抱一

寄松

梅花开又落　1922
不知阿妹来不来
我像松树一样等待[1]

寄云

向春山飘去的云　1923
正离别而去吧
心中如此思恋

赠蔓

大丈夫坐卧叹息　1924
用柳枝编成花冠
请阿妹戴上

---

1. 我像松树一样等待:"松树"matu 和"等待"matu 二词为同音词。

悲别

1925　你出门的身影
　　　没能看清楚
　　　这漫长的春日
　　　在思恋中度过吗

问答

1926　像春日山上
　　　盛开的马醉木
　　　只要为了你
　　　不管什么流言

1927　如石上布留的神杉[1]
　　　我已经这把年纪
　　　又遇到了恋情

　　　此一首,不有春歌而犹以和故载于兹次。[2]

1. 石上布留的神杉:形容古老、时间久远。
2. 左注中说,此一首虽非春歌,但因为是和歌,故载于此处。不有,即并非之意。

◎ 问答歌多是由两首一对构成,卷十·1926是问,卷十·1927便是赠和的答歌。

通草即使不结果　　1928
能看见盛开的花朵
也可以抚慰恋情

通草已结下果实　　1929
　如果再降春雨
　　还能开花吗

　　引津[1]的附近　　1930
　　马尾藻开花前
　　不能见到你

---

1. 引津：今福冈县糸岛郡志摩的入海口一带。

1931　河里的伊都藻花
　　　请你时常光临[1]
　　　有不便的时候吗

1932　春雨飘飘不止
　　　看不见我思恋的人

1933　我不断思恋阿妹
　　　春雨知道此情
　　　持续下个不停

---

1. "河里的伊都藻花"二句：伊都藻，被解释为岩藻，或是种生长茂盛的藻，或是长着奇特叶片的藻，具体不明。"伊都藻"发 yitsumo 的音，与后句"时常"的发音相同。此歌的旨趣即在于谐音词间的意义关联。

阿妹不再思恋　　1934
在这漫长的春日
我还继续思恋吗

春天来到的时候　　1935
　黄莺最先啼鸣
　我等你先开口

　姑娘不会想我　　1936
　这漫长的春日
我在思恋中度过

青樹

蝉　小茂田青樹

夏杂歌

咏鸟

1937　　大丈夫起身前往
　　　　故乡的神奈备山
　　　　清晨来的时候
　　　　在小叶桑的枝头
　　　　到了傍晚时分
　　　　在小松树的顶端
　　　　乡里的人们听后
　　　　感到无比眷恋
　　　　山谷也响起回声
　　　　布谷鸟思恋伴侣
　　　　在夜里鸣叫不已

反歌

旅途中思念伴侣　　1938
布谷鸟在神奈备山
　一直叫到深夜

此歌，《古歌集》中出。

布谷鸟第一声鸣叫　　1939
　请叫给我听
好穿进五月的药玉[1]

---

1. 五月的药玉：前出，见卷八·1465 注释。

1940 朝雾笼罩田野
　　　 山里的布谷鸟
　　　 何时飞来鸣叫

1941 翻过群山的布谷鸟
　　　 能鸣叫着飞来吗
　　　 没有自己的巢穴

1942 听到布谷鸟鸣叫吗
　　　 水晶花散落的山岗
　　　 采葛草的少女

1943 美丽的月夜里
　　　 想看见布谷鸟
　　　 鸣叫的身影
　　　 我正在割草
　　　 有人同看该多好

怜惜藤花散落　　1944
布谷鸟鸣叫着
飞过今城的山岗[1]

布谷鸟翻越群山　　1945
来水晶花前鸣叫

不能种植大树　　1946
布谷鸟飞来鸣叫
　会增添思恋

难得与你相会　　1947
今夜不同以往
布谷鸟鸣叫吧

---

1. 今城的山岗：位于今京都府宇治市彼方町东的离宫山。

1948　黄昏的树荫里
　　　布谷鸟家在何处
　　　鸣叫着飞去

1949　布谷鸟清晨鸣叫
　　　你听到叫声了吗
　　　还在睡懒觉吧

1950　花橘的枝头
　　　布谷鸟在鸣叫
　　　不断震落花朵

1951　可恶的布谷鸟
　　　此刻默默无声
　　　飞来鸣叫该多好

莱莲枝上的喜鹊 元贺

1952　今夜月色朦胧
　　　　布谷鸟的鸣叫
　　　　声声传向远方

1953　五月的山中
　　　　水晶花盛开
　　　　月夜里听不够
　　　　布谷鸟的叫声
　　　　请继续鸣叫吧

1954　布谷鸟能来叫吗
　　　　想看园中橘花
　　　　飘落到地上

1955　从不厌烦布谷鸟
　　　　菖蒲做花冠的日子
　　　　请飞到这里鸣叫

去大和鸣叫了吗　　1956
　　布谷鸟啊
听到你的叫声
思念逝去的人

怜惜水晶花飘散　　1957
布谷鸟离开原野
　飞入山中鸣叫

种下一片橘林　　1958
　让布谷鸟留下
　一直住到冬季

追随雨后的流云　　1959
布谷鸟飞往春日
　路过这里鸣叫

1960　思念难以入眠
　　　清晨布谷鸟鸣叫
　　　令人无法忍受

1961　你穿上我的衣服
　　　布谷鸟来催促
　　　飞落在袖口

1962　怀旧的布谷鸟
　　　你现在能飞来吗
　　　我在深深思恋

1963　下了这么大的雨
　　　水晶花开的山上
　　　布谷鸟还在叫吗

咏蝉

清闲时再鸣叫　　1964
茅蜩在思念时
声声鸣叫不休

咏榛

心上人要染衣服　　1965
岛[1]原野的榛林
果实快着色吧[2]
虽然秋天没来

---

1. 岛：是固定地名。大致在奈良县高市郡明日香村岛庄。
2. 果实快着色吧：榛树的果实可用来作染料。

昼花　水野年方

咏花十首

风中飘散的橘花　1966
　用衣袖承接
　　心中怀念你

串起芬芳的橘花　1967
　想去送给阿妹
在为思恋憔悴吗

布谷鸟飞来鸣叫　1968
　橘花散落在庭园
　　是谁在观赏

我园中橘花散落　1969
　伤感时你光临

1970 望原野的瞿麦
散落令人惋惜
请不要再下雨

1971 雨过天晴远望
故乡的橘花
已经凋落了吗

1972 向原野眺望
瞿麦花正开
我等待的秋天
似乎已临近

想与阿妹相见　　1973
苦楝花期未过
像正开放的花儿
　能来相见吗[1]

春日野藤花散尽　　1974
到底该折来什么
插在猎人的发间

还没有到时节　　1975
便穿上了药玉
水晶花开的五月
　要等待太久

---

1. "苦楝花期未过"三句："苦楝花"古日语读 afuchi，与"相见"（会ふ）的读音 afu 相近。本歌的旨趣在于谐音词的意义关联。

问答

1976　水晶花散落的山岗
　　　传来布谷鸟的鸣叫
　　　你听到了吗

1977　你问我听到没有
　　　布谷鸟被雨淋湿
　　　才飞到这里鸣叫

譬喻歌

1978　橘花飘落的乡里
　　　从山里路过时
　　　布谷鸟会惊叫吗

夏相闻

蝉　小茂田青树

寄鸟

1979　春天细腰蜂狂舞
　　　田野上的布谷鸟
　　　险些错过了阿妹[1]

1980　五月山中橘花下
　　　隐藏着布谷鸟
　　　无所事事的时候
　　　竟然遇见了你

1981　布谷鸟飞来鸣叫
　　　虽说五月夜短
　　　独自迎来黎明

---

1. "田野上的布谷鸟"二句："布谷鸟" hototogisu 与 "险些" hotohoto 为类音关联，前句是序，引导出后句。

寄蝉

茅蜩定时鸣叫　　1982
恋爱中的弱女子
时时刻刻哭泣

寄草

1983　世人的流言蜚语
　　　如夏草般繁多
　　　我和心爱的阿妹
　　　携手同枕而眠

1984　近来强烈的恋情
　　　如茂盛的夏草
　　　割下又生长

1985　夏日原野的葛草
　　　这样疯狂恋爱
　　　能活得长久吗

1986　只有我这样热恋吗
　　　燕子花般的阿妹
　　　将会怎么样啊

纳凉　小川破笠

寄花

1987　我独自捻丝线
　　　想为你串橘花

1988　黄莺飞过的墙垣下
　　　水晶花感到忧郁
　　　你不能来观赏

1989　水晶花徒然开放
　　　无人知晓的恋情
　　　只有单相思

1990　你可以厌恶我
　　　可我园中的橘花
　　　能不来观赏吗

布谷鸟飞来鸣叫　1991
山下波浪般的藤花
　你不来观赏吗

隐秘的苦恋　1992
　愿变成一朵
盛开的瞿麦花
朝朝都能相见

远远观望思恋　1993
　不能像红花
露出颜色也行[1]

1. "不能像红花"二句：红花，菊科一年生草本植物，夏季时开红黄色的小花。花瓣可作红颜色的色素，古时一直用来制作染料，用于食物的着色和制作化妆品。这里用红花露出颜色来比喻表白心中的爱情。见卷四·669。

寄露

1994　没有穿这身衣服
　　　去拨开沾露的夏草
　　　为什么我的衣袖
　　　没有干的时候

寄日

1995　六月的烈日
　　　照得大地干裂
　　　为何我衣袖不干
　　　无法和你相会

落叶屏风（局部）　菱田春草

秋杂歌

七夕

1996　光耀银河水
　　　泊舟的船夫
　　　在注视阿妹吗

1997　遥远的银河边
　　　画眉鸟般哀叹
　　　如此悲惨无助

1998　知道我在思恋
　　　为何划船而去
　　　哪怕能留句话

1999　几度看娇艳的织女
　　　虽说是牛郎的妻子
　　　我竟如此思恋

银河的渡口　2000
漂浮着船儿
待到秋天来临
想要告知阿妹

我为你穿过天空　2001
越银河辛苦而来

自八千矛神时起　2002
　人们都知道
　是难得的妻子

思恋妻子的容颜　2003
　今夜在银河边
　正枕石而眠吗

2004　难相会的人
　　　正枕礁石而眠吧
　　　等不来夫君

2005　从开天辟地时起
　　　一年见妻子一次
　　　我在等待秋天

2006　牛郎只捎话来
　　　告诉哀叹的妻子
　　　相见太凄苦

2007　作为上天的标识
　　　安置无水的银河
　　　令人憎恨的远古

黑夜迷雾笼罩　2008
虽然路途遥远
望阿妹尽快告知

你思恋的阿妹　2009
还没有尽兴
不断挥动衣袖
直到隐入云间

金星运行的轨迹　2010
要仰望到何时
月亮壮士啊

面对着银河　2011
想倾诉思恋
直到和你相会

櫻花紅葉山水　橋本雅邦

缀满珠玉的纽带　2012
　不见去解开
　我难舍难分
　等待再次相逢

银河岸边的水草　2013
　在秋风中摇曳
　那时刻就要到来

我等待秋天来临　2014
　胡枝子花开放
想立刻染上颜色
去对岸的人身边

　在思恋心上人　2015
　夜里在银河行船
能听到划桨的声音

2016　经过漫长的思恋
　　　秋风中传来
　　　阿妹哀怨的哭声
　　　解开衣带去相会

2017　相思的日子漫长
　　　此刻别匆匆过去
　　　只有今夜能相会

2018　银河去年的渡口
　　　更换了地方
　　　踏上河岸的时候
　　　已经夜阑更深

2019　顾不上先前的织物
　　　在银河边的渡口
　　　度过了一年

夜里在银河行船　2020
　说是夜将破晓
决意相见的夜晚
能不交袖相拥吗

和久别的妻子　2021
同枕而眠的夜晚
雄鸡请不要啼鸣
　任其到大天明

相会难以尽兴　2022
　天色已经大亮
　船儿就要出发
　　我的妻子啊

刚刚宽衣而卧　2023
怎能说要寻衣带
还没有消磨恋情

2024　千万年携手相向
　　　也难消除思恋

2025　映照万年的明月
　　　也苦于隐没云中
　　　何况期盼相会

2026　虽然远隔重重白云
　　　夜里眺望阿妹的方向

2027　织女在屋里
　　　为我织白布
　　　已经织好了吗

好久没和你相会　2028
　织好的白衣服
　已经落上灰尘

银河传来桨声　2029
　牛郎和织女
　好像今夜相会

秋天来到的时候　2030
银河上升起云雾
　面对着河岸
　思恋的夜多

即使不能相见　2031
　画眉般的哀叹
　能有人转告吗

2032　一年只有七夕夜

　　　相会的人未尽兴吧

　　　黑夜已经过去

2033　银河的安川原[1]

　　　远古已经确定

　　　心中期盼相会

　　　早已急不可待[2]

此歌一首庚辰年作之。
此歌，《柿本朝臣人麻吕之歌集》出。

1. 银河的安川原：此句的原文为"天汉安川原"，"天汉"是汉语的表达，即银河。安川，是《古事记》神话中所记的天河。原，即河岸边宽阔的地域。
2. "心中期盼相会"二句：这两句的原文是"神竞者，磨待无"，历来为难解之句，有多种解释，译者据中西进氏《万叶集全译注》的解读译出。

大宮見沼川　川瀬巴水

2034　架起众多织机
　　　织布缝制秋衣
　　　谁取来观赏

2035　一年没有相会
　　　在朦朦夜雾中
　　　头枕妻子的手吗

2036　我等待的秋天到来
　　　任何事都不能阻止
　　　阿妹和我宽衣解带

2037　一年的思恋
　　　在今夜消磨
　　　明天和往常一样
　　　我将继续苦恋吗

长久不能相会　2038
银河隔在中间
我还将思恋吗

经过漫长的思恋　2039
今夜与你相会
为什么还不来

牛郎和织女　2040
今夜来相会
银河的港湾
不要涌起波浪

秋风吹动白云　2041
是织女的领巾吗

2042　不能与你常相会
　　　快快在银河行船
　　　趁夜色没有离去

2043　秋风送爽的夜晚
　　　划船渡银河
　　　月亮壮士啊

2044　银河升起云雾
　　　听到牛郎的桨声
　　　已经夜阑更深

2045　好像你正划船前来
　　　银河升起的云雾
　　　笼罩此处的河滩

秋风吹起波浪　2046
过不了多久
有众多的港湾
请停靠小船

银河的水声清晰　2047
是牛郎在秋夜行船
涌起的波浪声吗

站在银河的港湾　2048
思恋的人将到来
解开衣纽等待

银河的港湾　2049
日夜思恋的人
在今夜相会

宝恵篭　北野恒富

从明天开始　2050
将清理我的床
不能与你共寝
又要一人独眠吗

去天上的原野　2051
悄悄拉起白檀弓
　月亮壮士啊

今夜降落的雨水　2052
是奋力划船的牛郎
　船桨上滴落的吗

银河的无数河滩　2053
　四处升起云雾
　牛郎待航的船
　好像正要启程

2054　河上风吹浪涌
　　　用纤绳将船拉来
　　　趁黑夜没有离去

2055　银河的港湾
　　　虽然并不遥远
　　　你的船出航
　　　要等待一年

2056　请在银河上架桥
　　　随时去阿妹家中
　　　不必等待时机

2057　我月月思念阿妹
　　　相会的夜晚
　　　能连续七夜吗

我整年装备　2058
出航的小船
银河可以起风
决不能起浪

银河上虽然有浪　2059
我的船儿就要出航
趁黑夜没有离去

只有今夜相会　2060
还没说缠绵的话
黑夜已经离去

银河上白浪高　2061
我思恋的人儿
好像正在出航

2062　用织机的踏板
　　　去银河上架桥
　　　为了迎你来

2063　银河上升起云雾
　　　是织女的云衣衫
　　　飘荡的衣袖吗

2064　用先前织好的布
　　　在今夜缝长衫
　　　我在等你来

2065　手足上佩玉作响
　　　我在为你织布
　　　能赶制出衣衫吗

定下了相会日期　**2066**
　与你依依惜别
相守到明天多好

银河的港湾太深　**2067**
听你划船的桨声

仰望辽阔的天空　**2068**
　银河升起云雾
好像你就要到来

在银河的岸边　**2069**
　诚心奉献币帛
希望你平安到来

在丝鱼川　吉田博

银河的港湾　　2070
船儿在等待你
希望不要天明

你辛苦渡过银河　2071
还未相拥而眠
已经夜阑更深

呼叫摆渡人　　2072
没有听到吗
听不到桨声

久久面河而立　2073
今夜将头枕
阿妹的衣袖
心中充满喜悦

2074　越过座座河滩
　　　怀着思恋而来
　　　才能相会吧

2075　人们不在观望吗
　　　牛郎相会的船
　　　渐渐靠近了

2076　银河水太急吗
　　　已经夜阑更深
　　　还没有看到牛郎

2077　摆渡人快快划船
　　　一年不用划两回

缘分隔绝不断　2078
相拥而眠的夜
一年只有一次

日复一日思恋　2079
只是今宵别焦虑
应在夜里相会

牛郎织女今夜相会　2080
明天将与往常一样
等待漫长的一年

在银河上架设板桥　2081
为了让织女渡河
架设好板桥

2082　银河有众多港湾
　　　我在哪里等你的船

2083　希望能去转告
　　　刮秋风那天起
　　　站在岸边等待

2084　银河去年的渡口
　　　已经全都荒废
　　　你无法辨认出
　　　来这里的道路

2085　银河处处白浪高
　　　径直渡河前往
　　　等待太凄苦

如牛郎相会的船索　2086
　我不想割断思恋

摆渡人启航吧　2087
　只有今夜相会
　此后能相见吗

不见藏起的楫桨　2088
　摆渡人会借船吗
　请再等待片刻

◎ 卷十·2088 是以织女的口吻咏成的。

伊邪那岐神和伊邪那美女神　西川祐信

从天地初开时起　2089
　面对银河相望
一年见不上两次
思恋妻子的人啊
去银河的安川原
　在启航的港湾
把船儿涂上红色
　装饰船头船尾
船舷插满楫桨
　芒草的旗帜
叶子沙沙作响
秋风吹起的夜里
越过银河的白浪
划过湍急的河滩
想枕妻子的手臂
牛郎正渡河而来
消磨漫长的思恋
七月七日的夜里
让我也感到悲伤

反歌

2090 解开高丽锦的衣纽
　　　天人相会的夜晚
　　　让我也怀念

2091 牛郎渡河的小船
　　　已停泊在渡口吧

从开天辟地时起　2092
银河是天空的标志
月月在银河岸边
等待与阿妹相会
衣袖在秋风里飘荡
令人坐立不宁
不知如何是好
心里烦乱不已
不知等到何时
愿我期待的今夜
能像河水一样长

反歌

等待与阿妹相会　2093
银河边度过数月

咏花

2094　　雄鹿心中思恋
　　　　秋天的胡枝子
　　　　在阵雨中散落
　　　　感到无比惋惜

2095　　黄昏的原野上
　　　　胡枝子的枝头
　　　　在露水中枯萎
　　　　已等不到秋天

此二首,《柿本朝臣人麻吕之歌集》出。

秋风吹动葛草　2096
阿太的荒野上
胡枝子花飘落

到雁鸣叫的那天　2097
一直可以观赏
胡枝子的原野
请不要下雨

住在深山的鹿　2098
每夜都来幽会
怜惜胡枝子凋零

不忍沾上露水　2099
折来了胡枝子
会放枯萎吗

2100 秋收结庐而宿
　　 盛开的胡枝子
　　 让人看不够

2101 我没有染衣服
　　 去高松[1]的原野
　　 染胡枝子的颜色

2102 今夜刮起秋风
　　 胡枝子和白露抗争
　　 明天看花儿开放

2103 秋风开始变凉
　　 策马去荒野
　　 看胡枝子花开

1. 高松：即高圆，位于奈良市东，春日山南。

桔梗沾晨露开放　　2104
　黄昏的余辉里
　　开得更美丽

春天来的时候　　2105
隐入雾中看不见
秋天胡枝子花开
　折来插在头上

额田原野[1]的胡枝子　　2106
如今是盛开的时节
　折来在插头上

不用特意染衣裳　　2107
　去佐纪的原野
　　让胡枝子渲染

1. 额田原野：《和名抄》中可见额田乡的地名，即今奈良县大和郡山市的额田部北町、南町及额田部寺町一带。

秋景山水　松林桂月

秋风疾速吹来 2108
胡枝子不忍飞散
　迎风摇曳抗争

我园中的胡枝子 2109
长出长长的枝条
秋风吹来时开放

人们都说胡枝子 2110
代表秋天的景色
　我说是芒草穗
代表秋天的景色

你的使者送来 2111
　这枝胡枝子
　让人看不够

2112　我园中的胡枝子
　　　如果能永远开放
　　　让我等待的人观赏

2113　用双手精心种植
　　　来到庭园观赏
　　　胡枝子刚开放

2114　我园中的胡枝子
　　　是谁瞒着我
　　　结下了标识

2115　用手去摘取
　　　衣袖染上颜色
　　　露中的黄花龙芽
　　　凋零令人惋惜

无法与白露抗争　2116
开放的胡枝子
凋零令人惋惜
请不要下雨

去和少女们相会　2117
收割早稻的时节
胡枝子花正开放

朝雾笼罩的小野　2118
胡枝子花正凋落吗
还没能尽情观赏

如果心中思恋　2119
去看热恋的见证
你种下的胡枝子
已经绽放花朵

2120　对胡枝子的爱恋
　　　不想倾注太多
　　　还是不忍心
　　　能再相见吗

2121　秋风日益猛烈
　　　高圆野的胡枝子
　　　飘落令人惋惜

2122　失去大丈夫的雄心
　　　只思恋胡枝子
　　　能如此沉迷吗

2123　我期待的秋天已来临
　　　可胡枝子还没有开放

渴望能够看到　**2124**
　期盼的胡枝子
　枝头开满花朵

春日野胡枝子凋落　**2125**
　请随清晨的东风
　　飘落到此处

　　据说胡枝子　**2126**
　不愿见到大雁
　听到大雁鸣叫
　　便纷纷凋落

　　秋天来到时　**2127**
　想让阿妹观赏
　种下的胡枝子
　已在霜露中凋零

咏雁

2128　秋风中的大雁
　　　向大和飞去
　　　叫声渐渐远去
　　　消失在白云间

2129　破晓昏暗的晨雾
　　　鸣叫而去的大雁
　　　请将我的思恋
　　　转告给阿妹

2130　我园中鸣叫的大雁
　　　今夜在云中鸣叫
　　　要飞回故乡吗

2131　雄鹿幽会的时候
　　　月色皎洁美丽
　　　传来大雁的叫声
　　　好像正在飞来

晚秋之池　小原古邨

2132 云天外传来雁鸣
　　　开始降下薄霜
　　　在这寒冷的夜晚

2133 秋田收割完毕
　　　传来大雁的鸣叫
　　　冬天正在临近

2134 苇丛边的胡枝子
　　　枝叶沙沙作响
　　　随着刮起的秋风
　　　大雁鸣叫着飞去

2135 难波堀江的苇丛
　　　大雁在露宿吗
　　　已经降下寒霜

秋风中飞过山岗　2136
大雁鸣叫着远去
　消失在白云间

清晨离去的雁鸣　2137
和我一样思念吗
　叫声如此悲凉

今晨响起了鹤鸣　2138
　大雁将去何方
　隐藏在云中吗

飞过夜空的大雁　2139
　几夜持续鸣叫
是报自己的名字吗

　　时光在流逝　2140
　结伴飞向夜空
是谁在向我询问

咏鹿鸣

2141　近来秋日破晓时
　　　雾里求偶的雄鹿
　　　叫声如此真切

2142　雄鹿求偶的鸣叫
　　　传向遥远的地方
　　　如同秋风掠过
　　　胡枝子的原野

2143　孤独思恋你时
　　　敷野[1]上的雄鹿
　　　拨开胡枝子鸣叫

2144　大雁飞来的时候
　　　胡枝子已飘散
　　　雄鹿鸣叫的声音
　　　也孤独落寞

1. 敷野：所在位置不明，《代匠记》推测是大和国矶城郡的旷野，无定论。

爱不够胡枝子　2145
雄鹿持续鸣叫
更增添了思恋

别住在山的近处　2146
听雄鹿鸣叫不已
无法安然入眠

山下有众多猎手　2147
可是求偶的雄鹿
在山野间鸣叫

翻山而来听到　2148
雄鹿求偶的鸣叫

2149　山下猎手的捕杀
　　　虽令人感到恐惧
　　　可雄鹿还在鸣叫
　　　想与伴侣相会

2150　望胡枝子凋落
　　　为思恋伴侣忧郁
　　　鸣叫的雄鹿啊

2151　都城远离山野
　　　很难能听到
　　　雄鹿求偶的叫声

2152　胡枝子凋落后
　　　雄鹿的叫声凄凉
　　　看不见会寂寞

胡枝子盛开的原野　2153
　雄鹿踏露寻伴偶

为什么鹿鸣悲凉　2154
是秋野的胡枝子
　正纷纷凋落吗

胡枝子盛开的原野　2155
　雄鹿怜惜花落
　才鸣叫而去吧

听山阴的鹿鸣声　2156
正在看山的你啊

咏蝉

2157 暮色中茅蜩叫
每天听不够

咏蟋蟀

2158 吹起寒冷的秋风
我园中的茅丛中
蟋蟀在鸣叫

2159 园中的草丛里
暮色中听不够
蟋蟀的鸣叫

2160 园中的草地上
不时降下骤雨
听蟋蟀在鸣叫
秋天已来临

树上有蝉　小原古邨

咏虾[1]

2161　不离开吉野的岩下
　　　金袄子鸣叫不停
　　　是因为河水清澈

1. 虾:古日语读作 kawazu,在《万叶集》中许多情况下指的是金袄子,个别也指蛙。岩波书店《日本古典文学大系·万叶集》卷一的补注对 kawazu 作了分析,从语汇的关联性推测,认为河边的 kawazu 应该是金袄子,而谷间的 kawazu 是蛙。上古语中虽有 kaeru(蛙)的表记,但不用于歌中,应该是俗语。金袄子可能是歌语。

神奈备山下 2162
喧嚣的河水
金袄子在鸣叫
说秋天来到吗

旅愁时侧耳倾听 2163
夕阳下金袄子鸣叫

河滩水流湍急 2164
浪花间的金袄子
早晚都来鸣叫

上游金袄子求偶 2165
待到黄昏衣袖寒
能结伴而眠吗

咏鸟

2166　取石池¹的水波间
　　　传来异样的鸟鸣
　　　好像秋天已过去

2167　秋野的芒草穗上
　　　能听到伯劳叫吗
　　　请你仔细倾听

1. 取石池：原位于大阪府泉北郡高石町取石村一带，池水水域很大，后消失。

咏露

胡枝子上的白露　2168
　朝朝凝成水珠
　枝头的白露啊

　黄昏时的阵雨　2169
让人想起春日野
茅草穗上的白露

　胡枝子挂上霜露　2170
到了寒冷的时节

　白露和胡枝子　2171
　都令人爱恋
　心中难择取

2172　我园中的的芒草
　　　被露水压弯了腰
　　　我想看着阿妹
　　　用手抖落露珠

2173　用手会碰落露珠
　　　大家别败给露水
　　　去观赏胡枝子吧

2174　搭建秋收的小屋
　　　袖口沾上寒露

2175　近来秋风寒
　　　胡枝子花凋落
　　　是沾上露水了吧

秋收小屋的苫草　2176
　　在飒飒作响
　　像是白露诉说
　　没有稻田降落

咏山

春萌夏绿秋红　2177
色彩斑斓的山

观枫屏风　狩野秀赖

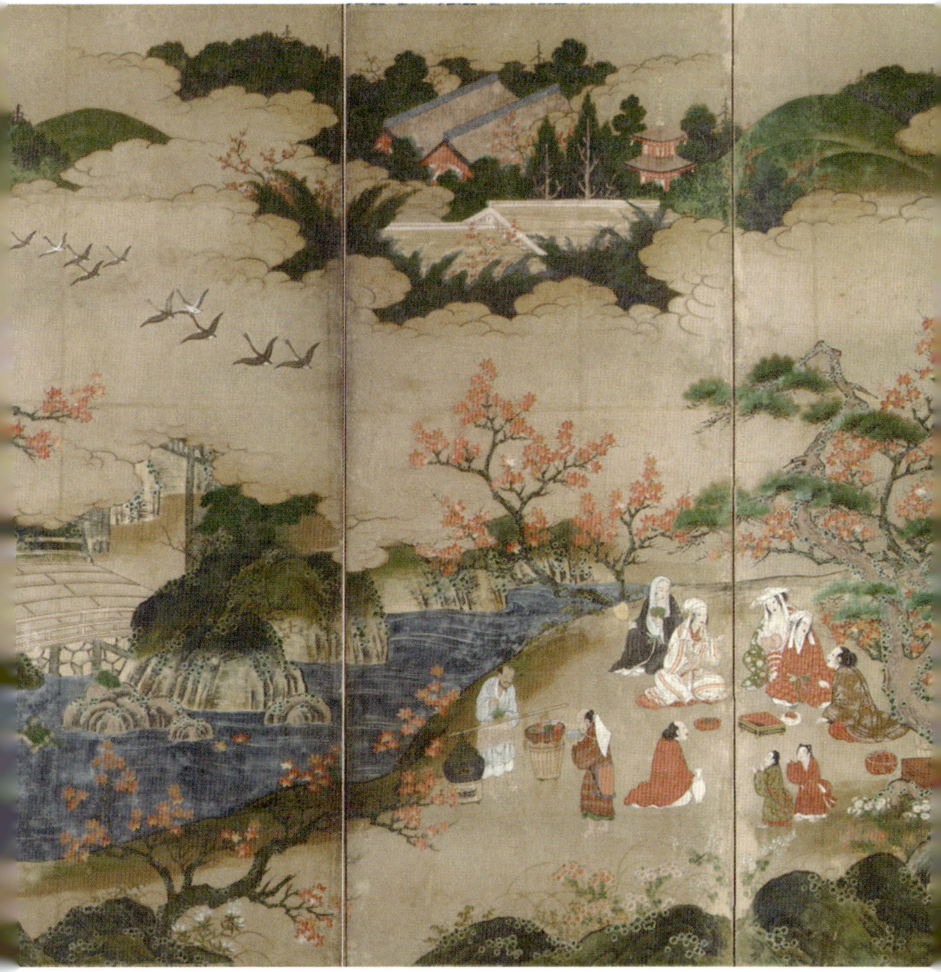

咏黄叶

2178 矢野的神山
　　　被霜露染上颜色
　　　飘落令人惋惜

2179 朝雾正染红秋山
　　　请阵雨不要降落
　　　让景色持续不变

　　　此二首，《柿本朝臣人麻吕之歌集》出。

2180 被九月的阵雨打湿
　　　春日山染上了颜色

2181 雁鸣声声寒
　　　黎明时的露水
　　　染红了春日山

近日的晨露　　2182
将园中胡枝子
下枝染上了颜色

大雁飞来鸣叫　　2183
我期盼出现红叶
等待太凄苦

不要提起秋山的事　　2184
会想起忘却的红叶

我翻越大坂[1]而来　　2185
二上山[2]红叶飘舞
阵雨下个不停

1. 大坂：连接大和（奈良县北葛城郡）与河内（大阪府南河内郡）的要冲之地，可能是今穴虫越，也有说是关屋越或竹内越的。隔着二上山，竹内越在南，穴虫越在北，关屋在更北一些的地方。
2. 二上山：位于北葛城郡当麻村西境，北有雄岳，南有雌岳，雄岳上有大津皇子的墓。

2186　秋来降白露
　　　园中的茅草叶
　　　染上了颜色

2187　卷来山的朝露中
　　　染色的红叶凋落
　　　令人感到惋惜

2188　虽然有各色红叶
　　　折来梨枝¹插头上

2189　霜露阵阵寒
　　　夜晚的秋风中
　　　梨树现出红叶

1. 梨枝：原文中为"妻梨木"，读作 tsumanashinoki，与"妻无"tsumanashi 意义相关，作者可能是丧妻之人，或者年轻未娶之人。

我门前的茅草 2190
　染上了颜色
吉隐浪柴[1]的原野
　红叶已经飘散

听到雁鸣声后 2191
高松[2]原野的青草
　立刻染上颜色

心上人的白衣裳 2192
　路上会染颜色
　满山的红叶啊

秋风日日吹 2193
山岗上的树叶
已经染上颜色

---

1. 吉隐浪柴：吉隐，即今奈良县矶城郡初濑町吉隐一带。浪柴，可能是吉隐一带的小地名，不详。
2. 高松：前出，见卷十·1874注释。

2194　大雁来鸣叫时
　　　龙田山出现红叶

2195　响起雁鸣的时候
　　　春日山从明天起
　　　将会出现红叶

2196　阵雨下个不停
　　　杉树难抵御
　　　也染上了颜色

2197　不见阵雨飘落
　　　大城的山上[1]
　　　已经染上颜色

　　　（谓大城山者，在筑前国御笠郡[2]之大野山[3]顶，号曰大城者也。）

1. 大城的山上：即大城山，前出，见卷八·1474注释。
2. 筑前国御笠郡：后并入筑紫郡。
3. 大野山：前出，见卷五·799注释。

枫树　酒井抱一

2198　风吹红叶飞散
　　　吾松原¹更美丽

2199　隐居家中沉思
　　　今日眺望春日山
　　　已经染上颜色

2200　沾上九月白露
　　　山上出现红叶
　　　令人赏心悦目

2201　备鞍去阿妹身边
　　　翻越生驹山²
　　　红叶纷纷飞落

---

1 吾松原：前出，见卷六·1030 注释。
2 生驹山：前出，见卷六·1047 注释。

到了红叶的时节　2202
望月亮上的桂树
已经染上了颜色

比乡里的霜更重　2203
高松的荒山上
已经染上颜色

秋风日益猛烈　2204
沾露的胡枝子
底叶染上颜色

胡枝子底叶已红　2205
季节已经变换
秋风太猛烈吧

2206　遥望南渊山[1]
　　　今天又降白露
　　　红叶在飘落吧

2207　我园中的茅草
　　　已经染上颜色
　　　吉隐的夏身[2]附近
　　　正在下着阵雨

2208　凄凉的雁鸣过后
　　　山上的葛叶变色

2209　胡枝子底叶已红
　　　花朵相继凋零
　　　待到时节过后
　　　将会思恋吧

1. 南渊山：前出，见卷七·1330注释。
2. 吉隐的夏身：吉隐，前出，见卷十·2190注释。按照《和名抄》所记，伊贺国名张郡有夏身乡（今三重县名张市下见），但距离吉隐甚远。坂口保氏认为是吉野的菜摘。

明日香川红叶漂流　2210
　葛城山树叶飞落

给阿妹系上衣纽　2211
　如今龙田山上
　已经有红叶了吧

　雁鸣响起时　2212
　春日的三笠山
　开始变了颜色

　近日拂晓的露　2213
　给园中的胡枝子
　　染上了颜色

2214 黄昏大雁飞过
　　　龙田山不堪阵雨
　　　开始染上颜色

2215 深夜别降阵雨
　　　胡枝子底部的红叶
　　　凋落令人惋惜

2216 今天我折来
　　　故乡初生的红叶
　　　送给没见过的人

2217 你家红叶早早飘散
　　　好像淋上了阵雨

一年难遇两次　　2218
　秋山未尽兴
　时节已过去

咏水田

山田里耕作的人　　2219
　没抽穗也该拦绳
　好知道有人守护

雄鹿在山下求偶　　2220
　不去收割早稻田
　即使降下寒霜

我在门前守护田地　　2221
　望佐保的乡里
　想起胡枝子和芒草

胧月　横山大观

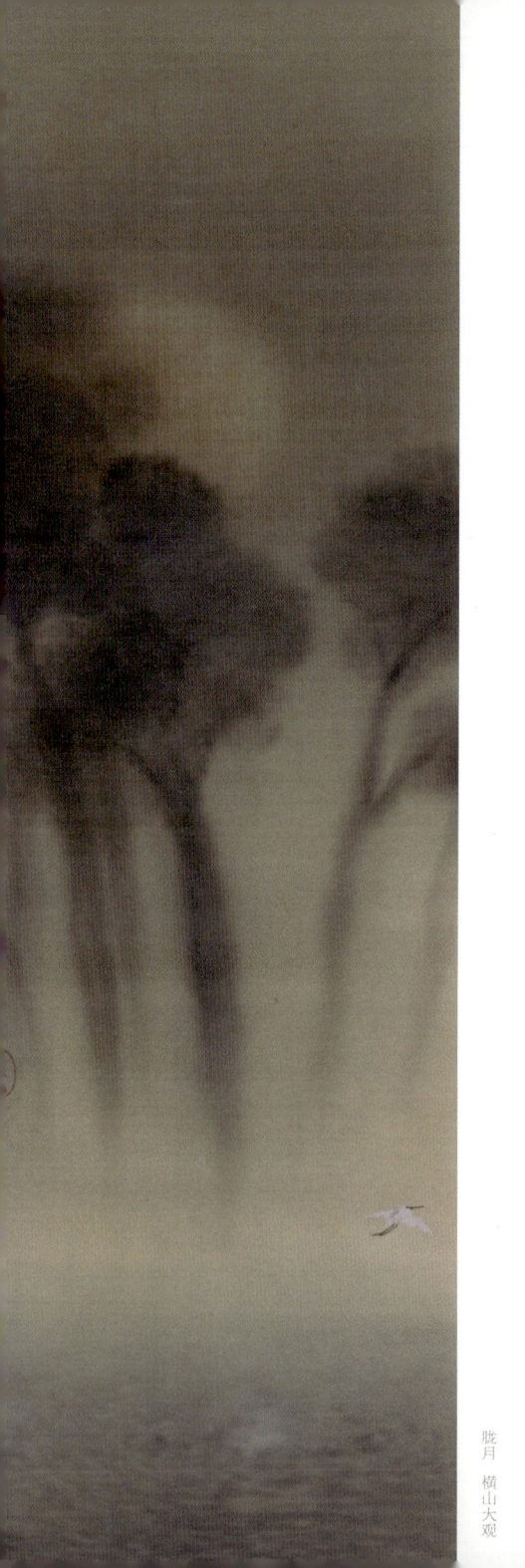

咏河

夜来三轮川　　2222
金袄子鸣叫
水声淙淙悦耳

咏月

天空的海洋　　2223
漂着月亮的小船
看月亮上的壮士
用桂树桨在划船

今夜就要过去　　2224
天空传来雁鸣
月亮正在移动

你头上的胡枝子　　2225
露珠清晰可见
月亮正在照耀

2226　无情的秋月下
　　　思念难入眠
　　　别这样照耀

2227　没料想降下阵雨
　　　云开露出明月

2228　看胡枝子花开吗
　　　月色清澈明亮
　　　让人更加爱恋

2229　白露晶莹如玉
　　　九月拂晓的明月
　　　让人观赏不够

咏风

思念家人的时候　2230
拨开稻叶的小屋
　秋天的晚风
　起劲吹不停

原野胡枝子花开　2231
　茅蜩鸣叫时
　刮起了秋风

秋山的树叶未红　2232
今朝的风吹来霜露

咏芳

2233　高松狭窄的山峰
　　　松茸张开伞盖
　　　秋天的芳香四溢

咏雨

2234　一日思恋千回
　　　望阿妹家附近
　　　正在飘落阵雨

　　　此一首，《柿本朝臣人麻吕之歌集》出。

2235　秋收结庐野宿
　　　阵雨淋湿衣袖
　　　没人为我晾干

我时刻在思恋　2236
　被阵雨淋湿
　也要去相会

阵雨打落红叶　2237
　长夜独眠寒

咏霜

飞翔的大雁　2238
翅膀没遮住天空
才漏下了冰霜吧

落叶屏风（局部） 菱田春草

秋相闻

2239 秋山的红叶下
　　 听鸟鸣般的呼唤
　　 为什么要叹息

2240 别问我那人是谁
　　 被九月的露水打湿
　　 我在等待你

2241 如秋夜升起的云雾
　　 梦里恍惚见到阿妹

秋天的原野上　2242
低垂的芒草穗
随风向一边倾倒
像我倾心于阿妹

秋山降下寒霜　2243
树叶纷纷飞落
任凭时光流逝
我无法忘记

此一首,《柿本朝臣人麻吕之歌集》出。

寄水田

2244　在住吉岸边耕田
　　　收割稻谷的时候
　　　能和你相会吗

2245　玉缠[1]的田边
　　　总也不见阿妹
　　　在家中思恋吗

2246　如秋天的稻穗上
　　　白露在消失吧
　　　我的思念也在消退

2247　秋田的稻穗
　　　向一边倾倒
　　　我是如此思恋
　　　却得不到回应

---

1. 玉缠：是固有地名还是一般地名诸说不一，不详。

为割秋田搭茅庐　2248
你在茅庐中野宿
能看见你该多好

鹤鸣的田边　2249
搭建起茅庐
去告诉阿妹
我在这里野宿

春雾笼罩的田边　2250
搭建茅庐居住
秋收前不断思恋

守部的乡里[1]　2251
门前的早稻田
过了收割的时节
恐怕是不想来吧

---

1. 守部的乡里：原文为"守部里"，今兵库县尼崎市、福冈县三井郡大刀洗町等都有守部这个地名。也有研究者认为是奈良县天理市守目堂，或者高市郡明日香村橘等地。不详。

寄露

2252　原野胡枝子飘散
　　　请踏着夜露而来
　　　即使夜阑更深

2253　渲染秋色的霜露
　　　请不要再降落
　　　今夜枕不到
　　　阿妹的手臂

2254　像胡枝子上的白露
　　　消失死去吧
　　　难以忍受思恋

2255　园中的胡枝子上
　　　璀璨的露珠
　　　我能流露恋情吗

像压弯稻穗的露珠　2256
　那样消失死去吧
　难以忍受思恋

霜露打湿衣袖　2257
　马上去见阿妹
　即使夜阑更深

像胡枝子上的露珠　2258
　那样消失死去吧
　难以忍受思恋

看胡枝子上的白露　2259
　想起了你的身影

五月雨　北野恒富

寄风

阿妹是衣服该多好　2260
　在寒冷的秋风里
　　贴着身子穿上

泊濑的风太猛　2261
　长夜何时过去
　　铺单衣独眠吗

寄雨

胡枝子在淫雨中凋落　2262
　夜里常独自起身思恋

九月阵雨的山雾　2263
　如我胸中的忧郁
　　见到谁能放晴

寄蟋

2264 等蟋蟀欢快到来
　　我和我的枕头
　　秋夜里毫无睡意

寄虾

2265 倾听鹿火屋[1]下
　　金袄子在鸣叫
　　能听到你的声音
　　我会思恋吗

1.鹿火屋：古来难解之语，众说不一。有的说是焚燃驱鹿火或驱蚊火的小屋，有的说是养蚕的小屋，或说山间的溪流，尚无定论。

寄雁

如果我出门旅行 2266
你像大雁般哭泣
总说今天就出发
转眼过了一年

寄鹿

清晨雄鹿伏卧小野 2267
隐没在青草丛中
不让人们知道

雄鹿伏卧在 2268
小野的草丛
我没公开相会
却被人们知道

寄鹤

2269　今夜破晓的鹤鸣
　　　心中充满忧虑
　　　更增添了恋情

寄草

2270　路边的芒草下
　　　有棵沉思的野菰
　　　为何还在踌躇

寄花

蟋蟀在草丛里齐鸣　2271
　我屋前的胡枝子
　你何时来观赏

秋天来到的时候　2272
　水边的花草凋零
　思念也不会知晓
　没有直接相会

　怎么会厌烦你　2273
　像胡枝子初开
　心里充满欢喜

2274　为苦恋辗转反侧
　　　不能露出颜色
　　　像桔梗花那样

2275　不能说出口
　　　像桔梗花那样
　　　别张扬恋情

2276　初闻雁鸣开放
　　　我园中的胡枝子
　　　请心上人来观赏

2277　入野¹上的芒草
　　　新抽出的穗
　　　天真烂漫的阿妹
　　　何时枕你的手臂

---

1. 入野：作为一般名词，即低洼的地势；作为固有名词，即京都府乙训郡大原野村原野的低洼地带。无定论。

天长日久思恋　　2278
园中的鸡冠花
　露出了颜色[1]

我居住的乡里　　2279
黄花龙芽正开放
　令人不堪思恋

见胡枝子花盛开　　2280
想起好久没见你

　朝露里绽放　　2281
鸭跖草的花朵
日落会凋零吧

---

1. "园中的鸡冠花"二句：鸡冠花露出颜色暗喻心中的恋情被人看出。见卷四·669。

2282　长夜中思恋你
　　　活得如此忧郁
　　　愿像花开又凋落

2283　相坂的山[1]上
　　　芒草不抽穗
　　　暗暗思恋阿妹

2284　突然想立刻见到
　　　胡枝子般娇柔
　　　阿妹的身影

2285　原野胡枝子盛开
　　　芒草还没抽穗
　　　暗暗思恋阿妹

1. 相坂的山：即逢坂山，前出，见卷六·1017注释。

园中胡枝子盛开 2286
　到花落结果时
　不能和你相会

园中胡枝子盛开 2287
凋落前快来观赏
　奈良都城的人

　河滩渡石间 2288
盛开的燕子花
只开花不结果
　一直在观赏

　藤原的古都 2289
胡枝子开又落
　一直等你来

2290 不愿胡枝子凋落
　　　折来观赏更寂寞
　　　因为不是你

2291 如朝开夕落的鸭跖草
　　　我经历了难忘的恋情

2292 去秋津野割芒草
　　　请将胡枝子花
　　　插在你的茅庐上

2293 不知花已开放
　　　会沉默不语
　　　看见这株胡枝子
　　　让人激动不已

大正六歲丁巳之晩秋 御舟

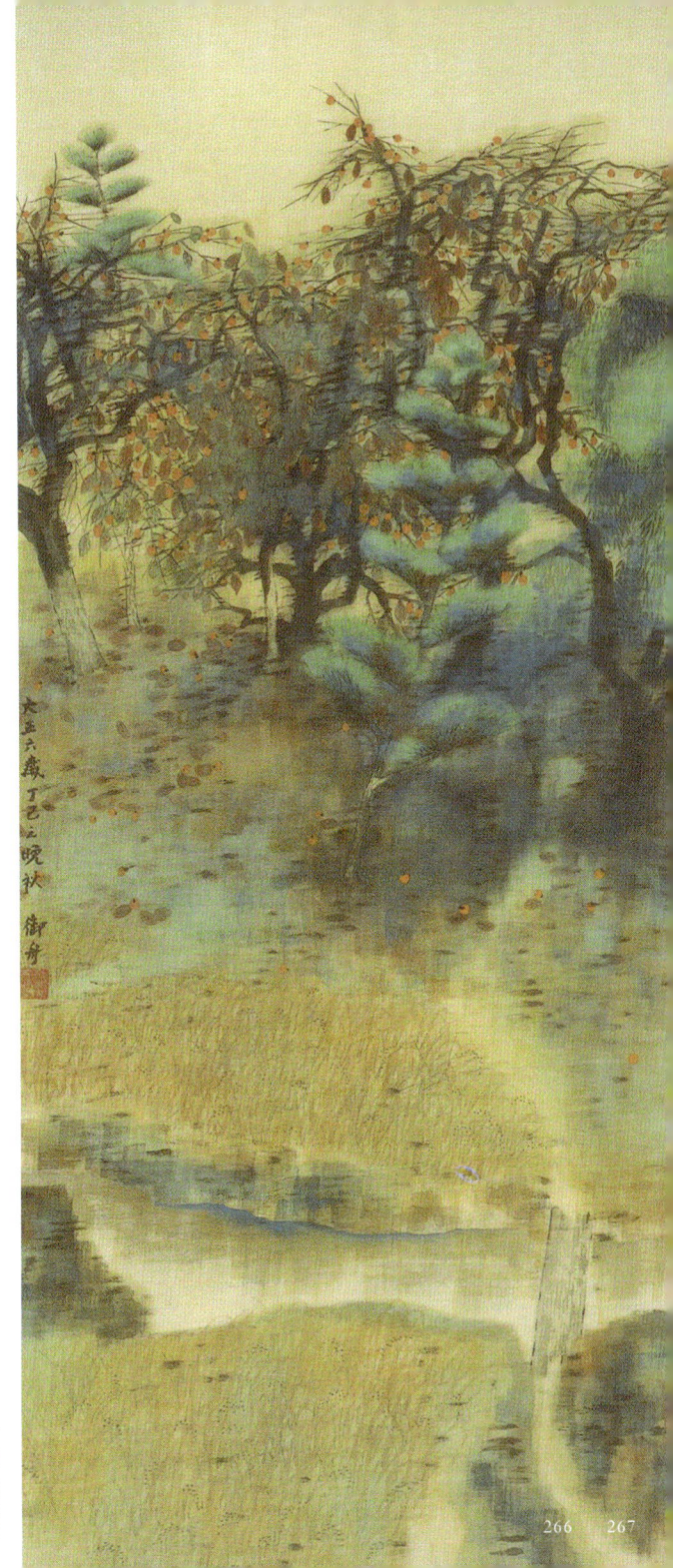

山科之秋　速水御舟

寄山

2294 秋来雁过龙田山
　　 想起你坐卧不宁

寄黄叶

2295 我园中的葛草叶
　　 天天变换颜色
　　 你不肯光临
　　 心里在想什么

2296 山上的葛叶变红
　　 始终见不到阿妹
　　 我将继续思恋吗

2297 你如飘散的红叶
　　 让人无法忘记
　　 只能视为他人妻吗
　　 我是如此思恋

寄月

为思恋你感伤　　2298
　起身秋风吹
　月亮已西倾

你是秋夜的月亮吗　　2299
　隐在云中片刻
　竟让人如此思恋

九月拂晓的月亮　　2300
　如果你一直能来
　我会如此思恋吗

寄夜

2301　本不想为思恋焦灼
　　　在刮起秋风的寒夜
　　　还是想起了你

2302　也许有人说我
　　　太不解风情
　　　漫长的秋夜里
　　　独卧难以成眠

2303　虽说秋夜漫长
　　　消磨郁积的苦恋
　　　却如此短暂

寄衣

2304　我不穿这件
　　　秋叶染的衣裳
　　　把它送给你
　　　夜里也要穿上

◎ 卷十·2303 是对前一首的答歌。

问答

2305　旅途中解开衣纽
　　　会有风言风语
　　　长夜里和衣而眠

2306　阵雨飘洒的晓月下
　　　未解衣纽思恋你
　　　在一起该多好

2307　红叶上落着白露
　　　虽不想露出颜色
　　　还是有风言风语

2308　雨中的激流
　　　撞击河边岩石
　　　我不想让你
　　　心为爱破碎

此一首,不类秋歌而以和载之也。[1]

---

1. 如左注所说的,此歌并非咏秋的歌,但因是上一首歌的和歌,故排列在这里。

譬喻歌

2309　神官们祭祀的神社
　　　红叶越过标绳飘落[1]

旋头歌

2310　蟋蟀在我的床边
　　　恣意鸣叫不停
　　　起身思恋你
　　　再也无法入眠

2311　芦苇花不吐穗
　　　我在暗自思恋
　　　只看见过一眼的人

---

1. 红叶越过标绳飘落：此句暗喻恋情是社会规则及父母的保护所无法阻止的。

飞弹中山七里　川濑巴水

冬杂歌

2312　我袖口落上冰霰
　　　包裹起来别融化
　　　为了给阿妹观赏

2313　是因为山太高吗
　　　卷向的山崖
　　　小松树上落雪花

2314　卷向的桧原
　　　没有云朵笼罩
　　　小松树的枝梢
　　　雪花正在飞过

2315　分辨不出山路
　　　压弯了橡树枝
　　　大雪还在降落

　　　此歌,《柿本朝臣人麻吕之歌集》出也。但件一首(或本云,三方沙弥作)。

咏雪

奈良的山峰　　2316
笼罩在云中
篱笆下的雪
还没有融化

雪花既然飘落　　2317
就飘到袖口融化
别在空中消失

夜里如此寒冷　　2318
清晨开门观望
庭中落满积雪

黄昏降临衣袖寒　　2319
高松山的树上
雪花正在落下

2320　落在我的衣袖
　　　又飘散的雪花
　　　会落到阿妹手上吗

2321　今天别飘雪花
　　　白色的衣袖
　　　没有人来晾干

2322　没有降下大雪
　　　空中浓云密布

2323　看心上人是否已来到
　　　见庭中有斑驳的雪花

2324　望山中一片洁白
　　　是昨天黄昏时
　　　门前的那场雪吗

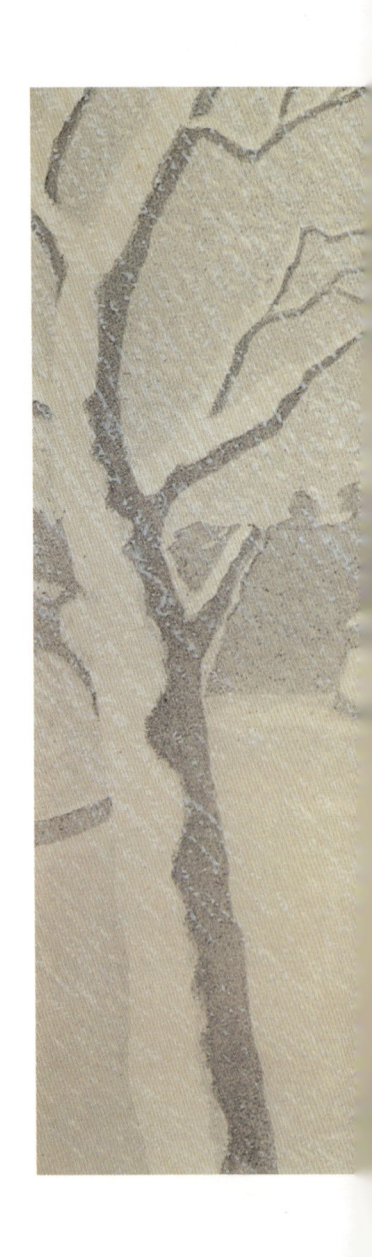

樱田门的暴风雪　小泉癸巳男

咏花

2325 谁家园中的梅花
在清朗的月夜里
纷纷飘散而来

2326 折来初开的梅花
送给你当礼物
会有风言风语吗

2327 谁家园中的梅花
开得如此繁茂
真想前往观赏

2328 没有人来观赏
我家初开的梅花
飘落就飘落吧

2329 寒雪中还未竞放
这个时节的梅花
随其自然吧

咏露

为阿妹折来梅梢　　2330
下枝沾上了露水

咏黄叶

八田[1]原野的白茅　　2331
刚刚变了颜色
有乳山[2]的峰上
寒雪已经飘落

咏月

深夜应出现的月亮　　2332
藏在山峰的白云里吧

1. 八田：今奈良县大和郡山市矢田。
2. 有乳山：从盐津去越前沿途必经的山，今被划入敦贺市。

飛騨中山七里　川瀬巴水

冬相闻

2333　雪花在空中消融
　　　苦恋却无法相逢
　　　岁月徒然流逝

2334　雪花落下千重
　　　日夜思恋的我
　　　望雪花想起你

　　　此歌，《柿本人麻吕之歌集》出。

寄露

光艳夺目的梅花　2335
下枝露水已消失
此刻正思恋阿妹

寄霜

深夜别着急回去　2336
路边的细竹叶上
夜里降下了寒霜

寄雪

2337　你说等细竹叶上
　　　薄雪消融会忘记
　　　反倒更让人思恋

2338　霰降风吹的寒夜
　　　今夜在旗野[1]
　　　我将独眠吗

2339　吉隐原野的树木
　　　覆盖着白雪
　　　我不能流露恋情

2340　只看了那人一眼
　　　如阴天降下的雪
　　　为思恋而消融

---

1. 旗野：又记作波多野。今奈良县高市郡高取町一带，也有研究者认为是明日香村畑（原波多神社所在地），无定论。

想起来不堪忍受　　2341
丰国木棉山[1]的雪
　为思恋而消融

与你相逢如梦　　2342
如阴天降下的雪
　为思恋而消融

心上人话语缠绵　　2343
　想出门去相会
　怕裙裾留下痕迹
　　请不要下雪

辨不清梅花的飞雪　　2344
　如果派来使者
　请别留下痕迹

---

1. 木棉山：即今由布岳，大分县大分郡汤布院町与别府市交界处的山。

2345 阴天降下的雪
　　　还没有消融
　　　为了和你相会
　　　度过漫长时光

2346 迹见山¹的白雪
　　　如果露了恋情
　　　人们会知道
　　　阿妹的名字

2347 泊濑山整日降雪
　　　经过漫长的思恋
　　　听你来访的足音

2348 翻和射美的山岭²
　　　我不讨厌降雪
　　　去转告那个阿妹

---

1. 迹见山：奈良县樱井市外山，或说是吉隐北边的鸟见山。
2. 和射美的山岭：前出，在关之原一带。见卷二·199 注释。

寄花

我园中的梅花盛开 2349
　月色如此美丽
　等你夜夜来观赏

寄夜

　山风尚未吹起 2350
　在没有你的夜晚
　　已经有了寒意

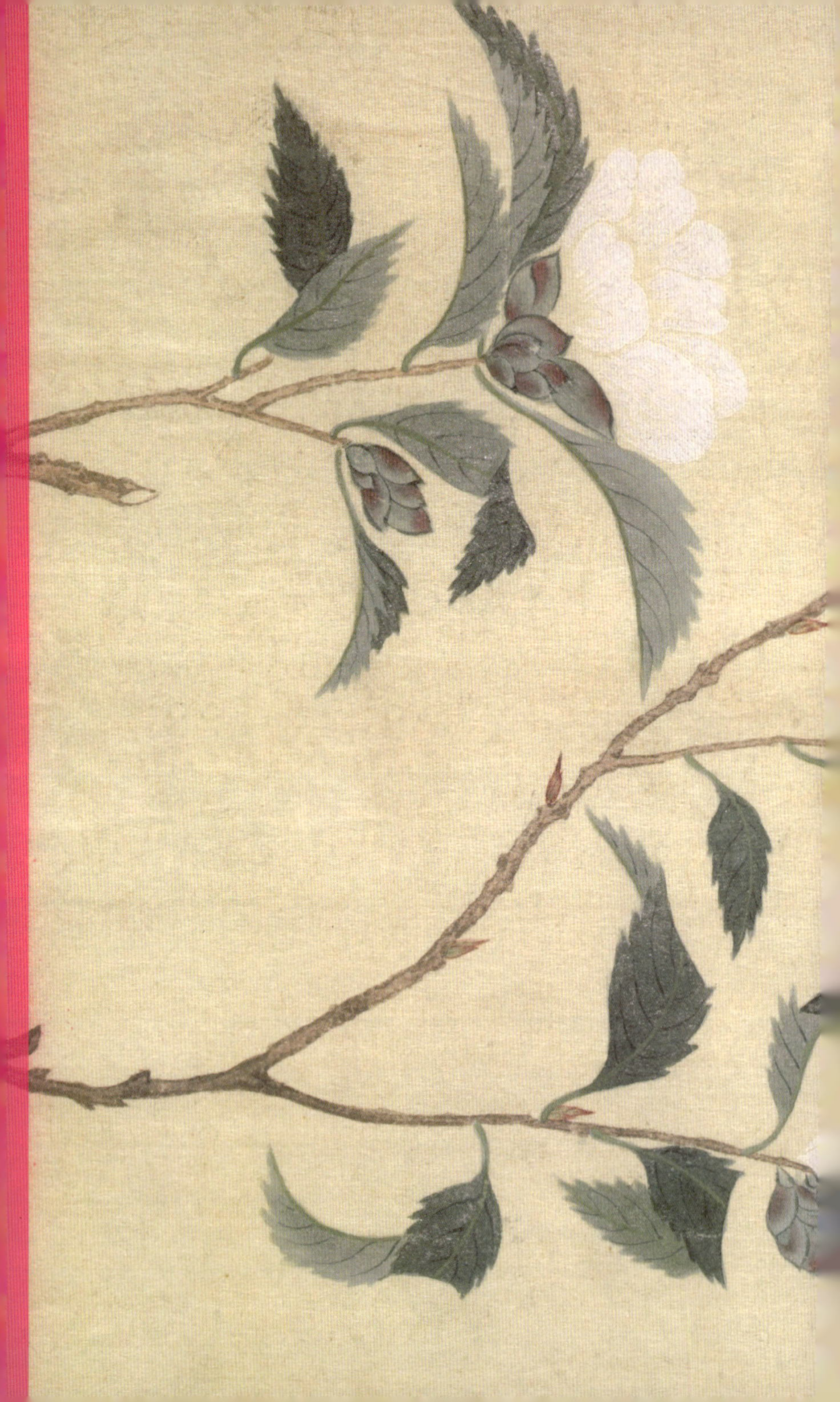

卷十一

下雪的早晨　小村雪岱

古今相闻往来歌类之上[1]

1. 古今相闻往来歌类之上：与卷十二目录中的"古今相闻往来类歌之下"相应而成。"古今"即新旧之意。"相闻往来"原为汉典籍中的书翰语，即书信消息往来之意。在《万叶集》中，则有恋人间相互表白爱心之意。在这个基础上逐渐演变为包括独咏恋歌在内的特定歌类的名称。

旋头歌[1]

请来割盖新房的墙草[2]　　2351
青草一样服帖的少女
　　听随你的意愿

---

1. 旋头歌:歌体分类的一种。前出,见卷七·1267注释。卷十一的旋头歌是继卷七后又出现的一组歌。
2. 墙草:即垒墙用的草。从考古资料可以推测,在日本,弥生古坟时代住居的墙多是用蒿草束成捆堆积筑成的。

2352　跳舞镇新宅的少女
　　　摇响手上的玉佩
　　　宝玉般光彩的贵人
　　　请到屋里来

2353　长谷的弓月山下
　　　我隐藏的阿妹
　　　橙红色的月夜里
　　　没让人看见吗

2354　大丈夫魂不守舍
　　　把阿妹隐藏起来
　　　容貌光耀天地
　　　会被人发现吧

2355　真是太可爱了
　　　我思恋的阿妹
　　　快点去死吧
　　　没有人说过
　　　活着会依从我

◎ 卷十一・2351、2352 两首歌是庆祝新屋建成的仪式歌，民谣的色彩浓厚。

那段高丽锦纽　2356
　遗落在床头
说明天夜里还来
　等你来取走

你清晨开门归去　2357
露水打湿了裹腿
　我也早起出门
让露水打湿裙裾

为何想长生不死　2358
活着也很难见到
　我思恋的阿妹

我在拼命思恋　2359
人们耳目太多
吹起风儿的时候
再去频频幽会

2360　父母把女儿
　　　隐藏在家中
　　　朝朝在守山下
　　　看不见你来
　　　令人感到悲伤

2361　天上那座木桥
　　　该如何渡过
　　　去阿妹的身边
　　　得打紧裹腿

2362　山城久世[1]的青年
　　　说想要娶我
　　　轻易说想娶我
　　　山城久世的青年

　　　此十二首,《柿本朝臣人麻吕歌集》出。

2363　山上弯曲的路
　　　谁也不要通过
　　　为你让出路来

　　1.山城久世：即京都府久世郡。

请穿过竹帘进来　　2364
　如果母亲询问
　就说来了一阵风

为了宫道[1]上　　2365
　遇见的夫人
　夜里思绪烦乱

想见到的阿妹　　2366
　不能来相会吗
　曾经绝望的恋情
　如今更加强烈

如在海上摇晃　　2367
　我是在思恋吗
　为了大船一般
　　平稳的少女

此五首，《古歌集》中出。

1. 宫道：即入宫的路。

正述心绪[1]

2368　离开母亲的照料
　　　这样难过的事情
　　　从未遇到过

2369　不能像世人酣眠
　　　能见到你也好
　　　让人叹息不已

2370　如果为思恋而死
　　　就思恋而死吗
　　　路上的行人
　　　不会去转告

---

1. 正述心绪：与寄物陈思和譬喻歌等一样，是基于表现手法而设的歌的部类。顾名思义，即不寄于其他事物直抒胸臆。作为卷十一和卷十二的再分类部分，正述心绪歌原则上不用序词和譬喻法，但实际上并非如此。此外，正述心绪歌还见于其他部类中。

岐阜提灯　水野年方

2371　心中千重思恋
　　　没有对人诉说
　　　我思恋的阿妹
　　　能相见该多好

2372　知道如此思恋
　　　该远远看上一眼

2373　无时不在思恋
　　　黄昏更难排遣

2374　就这样思恋吗
　　　不顾惜生命
　　　随岁月流逝

希望后来人　2375
　别和我相逢
在思恋的路上

　我没有具备　2376
大丈夫的理智
昼夜思恋不已

为何要活下去　2377
苦恋阿妹之前
死去该有多好

你已经说不来　2378
我为何难放弃
　心中的思恋

2379　望去近在眼前
　　　为什么绕远路
　　　思恋到如今

2380　有美人在诱惑吗
　　　让你迷失了路
　　　为何还不来

2381　想和你见面
　　　这两夜的思恋
　　　如同一千年

2382　官道上满是行人
　　　我只思恋你

世间总是这样　2383
可丝毫难忘记
　越来越思恋

谁能前来通报　2384
你正安然返回

已经过了五年　2385
　也无法中止
　无望的思恋
真是不可思议

能穿岩的大丈夫　2386
为思恋追悔不已

2387 　一日复一日
　　　人们能察觉
　　　哪怕只有今日
　　　能长若千年

2388 　坐立不知所措
　　　无法告知阿妹
　　　使者也没来

2389 　今夜不要过去
　　　清晨你离去
　　　还要苦苦等待

2390 　如果思恋是死亡
　　　我已经死过千回

昨夜刚刚相会　2391
今朝怎能又思恋

比起隐约一瞥　2392
见面后更思恋

如果没在街上行走　2393
不会这样坠入情网

我像清晨影子般消瘦　2394
为了恍惚见到的阿妹

灯影　小村雪岱

行行复行行　2395
为了难相逢的阿妹
被天降的霜露打湿

偶然见到的人　2396
　如何能有缘
　再看上一眼

如果片刻不见　2397
便会思恋阿妹
如果天天相会
又有流言蜚语

一年又一年　2398
直到世间的尽头
决意和你在一起
不管有多少流言

2399 虽然没有抚摸
　　 红润的肌肤共寝
　　 可我不三心二意

2400 心神如此恍惚
　　 是因为在思恋

2401 为思恋去死吧
　　 阿妹正走过
　　 我家的门前吗

2402 远望阿妹的家
　　 竟如此思恋
　　 因为无法相会

在清澈的久世河岸　2403
为了阿妹净身被禊

心中充满思恋　2404
相见更加思恋
一天也无法忘记

众人围攻责难　2405
虽然不是你
解开了高丽锦纽

解开高丽锦纽　2406
不知能否活到傍晚
还继续思恋吗

2407　停泊大船的港湾
　　　不论怎么占卜[1]
　　　即使母亲询问
　　　也不说出你的名字

2408　搔眉头打喷嚏
　　　纽带自然散开[2]
　　　你正在等待吗
　　　我想快相会

2409　为思恋你而沮丧
　　　结上的衣纽
　　　总是不断松开

2410　一年已经过去
　　　交袖而眠的阿妹
　　　能让人忘记吗

---

1. "停泊大船的港湾"二句：第一句为整首歌的序，引导出后面内容。"港湾"的原文为"浦"ura，与"占"ura发音相同，利用两个谐音词将上下连接起来。
2. "搔眉头打喷嚏"二句：眉毛发痒、打喷嚏、衣纽自然松开等情况被看作是情人在想念自己的征兆，或是情人就在近处有可能相见的征兆。这是一首因某种原因不能与情人见面的男子咏唱的歌。

仅仅瞥见了衣袖　2411
为何我如此思恋

思恋阿妹无望　2412
想在梦中相见
可我又睡不着

衣纽无端解开　2413
不能让人知道
直到相会的时候

无法排遣思恋　2414
走出家门漫步
分辨不出山川

寄物陈思

2415　少女挥动衣袖
　　　布留山的神垣[1]
　　　历经长久的风霜
　　　我一直在思恋

2416　神灵掌握的命运
　　　想为谁活得更长

2417　石上布留的神杉
　　　虽然步入老年
　　　我依然要恋爱

2418　向哪位神灵祈祷
　　　只求能在梦中
　　　见到思恋的阿妹

---

1. "少女挥动衣袖"二句：第一句为序，"挥动衣袖"sodefuru 引出了下一句的"布留山"furuyama。

天地绝迹的时候　2419
你我才不相会

同望国中明月　2420
有高山阻隔
心爱的阿妹

希望来的路上　2421
没有险峻的山岩
我等待的人
会被绊倒马儿

虽然没有崇山峻岭　2422
却常在离别中思恋

野火止平林寺　川瀬巴水

备后国[1] 深津的岛山[2]　**2423**
　　片刻见不到你
　　也令人痛苦不堪

纽镜般的能登香山　**2424**
　　你到底是为了谁
　　既然已经到来
　　竟不解衣纽而眠[3]

---

1. 备后国：今广岛县的东部。
2. 深津的岛山：《和名抄》可见深津的郡名为"布加津"，发音相同，为 fukatsu，位于今福山市，岛山即那里附近的山。
3. "纽镜般的能登香山"四句：纽镜，即背后拴纽的镜子。能登香山，冈山县津山市东方的二子山，祭祀着能登香神。"纽镜"是"能登香"的枕词。"能登香"的发音为 notoka，与"莫解开"一词的发音 natoki 为类音。从意思上看，镜纽是不能解开的，意思层面也有关联，这种关联一直延续到最后一句"不解衣纽"，构成意义循环的整体。

2425　山科[1]的木幡山[2]
　　　虽然能骑马翻越
　　　我徒步走来
　　　不堪对你的思恋

2426　远山笼罩着云雾
　　　日久不见阿妹
　　　让我思恋不已

2427　宇治川波浪重重
　　　心被阿妹牢牢占据

2428　宇治渡口水流湍急
　　　尽管现在不能相会
　　　终将会做我的妻子

1. 山科：位于今京都市东山区，古时地域广阔。
2. 木幡山：在宇治的北部，与山科接邻。

真是令人气恼　2429
没能和心上人相逢
在宇治川的河滩上
　白白沾湿了衣襟

宇治川卷起水花　2430
　逆流急转直下
　现在才开始明白
　过去的事难回头

鸭川下游平缓　2431
日后和阿妹相会[1]
　即使不在今天

　不吉利的话　2432
　不能说出口
　如山中的激流
　堰塞在心头

---

1. "鸭川下游平缓"二句：第一句是序，"下游"日语读作 nochise（后濑），与第二句"日后"nochi 为类音关联，引导出后面的歌句。

2433 虚幻的命运
如水上写的数字
向神灵祈祷
能和阿妹相会

2434 波浪越礁矶而去
我决不会有二心
即使为思恋而死

2435 近江湖面的白浪
来去不见踪影
如果去阿妹身边
情愿走上七天

2436 香取海沉下石锚
什么样的人[1]
不为思恋烦恼

---

1. "香取海沉下石锚"二句：第一句为序，"石锚"yikari与下一句的"什么样的人"yikanaruhito二词中都有yika的音，以重叠音引导出后面的歌句。香取海，据推测可能是滋贺县高岛郡内湖岸的一部分，具体不明。

淹没海藻的波浪　2437
　涌起五百重
我的思恋有千重

流言不会长久　2438
　对阿妹的思恋
　　比大海更深

如淡海上的岛山　2439
我深深思恋阿妹[1]
　流言蜚语太多

近江湖面的航船　2440
　沉下了石锚
我静等你的回话

1. "如淡海上的岛山"二句：淡海上的岛山，可能指的是滋贺县近江八幡市湖中的岛，距离陆地较远。这是一个序词，原文是"近江の沖つ島山"，"冲"读作oki，与"深深"oku是类音，引导出后面的歌句。

2441　不堪暗恋的痛苦
　　　竟说出阿妹的名字
　　　本该谨慎行事

2442　大地取之有尽
　　　人间恋情不绝

2443　深谷激流穿岩石
　　　如我心中的恋情

2444　如石边山¹的磐石
　　　生命如果长久
　　　会不断思恋吗

---

1. 石边山：滋贺县甲贺郡石部町矶部山。

如近江水底的珍珠　2445
与不知情时相比
如今更加思恋[1]

白玉缠在手上　2446
如今是我的白玉
哪怕只拥有
在手中这段时间

自从白玉缠在手　2447
便再也无法忘记
不知该如何结束

白玉间的细绳　2448
系在一起又相逢

---

1. "如近江水底的珍珠"三句：第一句是序词，"水底的珍珠"原文记作"白玉"shiratama，形容深闺中的女子，与后句的"不知情"shirazu构成类音关联，引导出下面的歌句，同时意义上也有关联。歌作者在了解了女子的情况后，更加难以抑制思恋之情。

2449　香具山笼罩云雾
　　　恍惚间看到阿妹
　　　此后会思恋吗

2450　月亮穿过云间
　　　朦胧间看到阿妹
　　　能再见到该多好

2451　天云那么遥远
　　　虽然无法相逢
　　　我怎么能够
　　　枕别人的手臂

2452　哪怕能升起云朵
　　　远眺抒发激情
　　　直到相会的时候

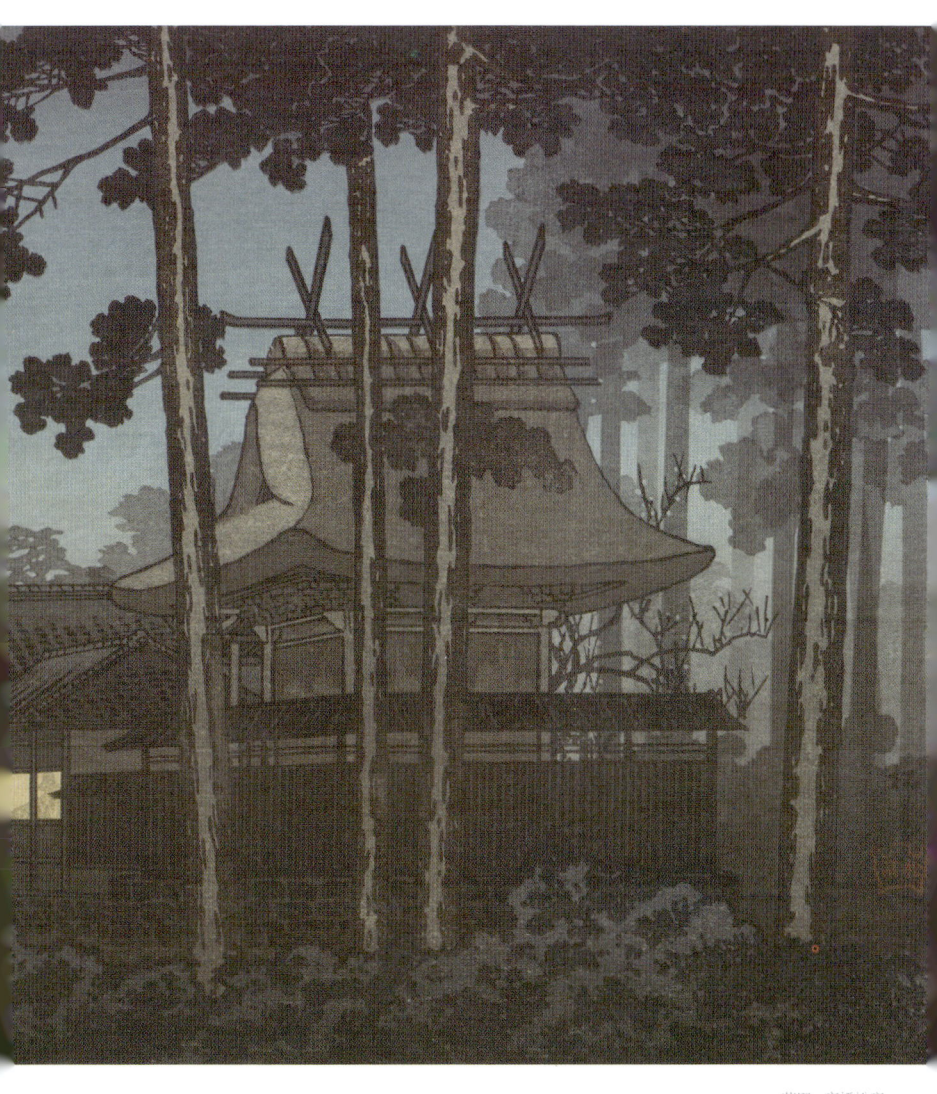

蒲田　高桥松亭

2453　葛城山升起云朵
　　　坐立不安想阿妹[1]

2454　春日山隐在云中
　　　不想念远方的家
　　　只是思恋你

2455　阿妹因为我
　　　惹来流言蜚语
　　　如高山上的朝雾
　　　已经消失了吗

2456　黑发山[2]的菅草上
　　　飘落着小雨
　　　让人更加思恋

---

1. "葛城山升起云朵"二句：第一句是序，"升起"tatsu 与后一句中的"立"tatsu 为同音关联。
2. 黑发山：前出。见卷七·1241 注释。

原野上下着小雨 2457
请快到树下来
我思恋的人啊

如晨霜消失 2458
消失就消失吧
这样不断思恋
如何捱到天明

如你去海边时 2459
吹来的狂风
流言蜚语太多吧
越来越难相逢

远方的阿妹 2460
在仰望思念吧
请云别遮住月亮

2461　如山顶上的月亮
　　　只瞥了阿妹一眼
　　　让人如此思恋

2462　如果阿妹思恋我
　　　月光下来相会

2463　如果天上月亮隐没
　　　靠什么思恋阿妹

2464　看不清云里的新月
　　　眼下更想见面

2465
思恋心上人
我园中的青草
也为思恋枯萎

2466
用茅草结标识
明知道是谎言
能说是等你吗

2467
路边草丛的百合
日后阿妹的命运[1]
我能知道吗

2468
河口苇丛中
夹杂的马蔺草
人人都知道[2]
我心中的思恋

---

1. "路边草丛的百合"二句：第一句是序词，"百合"yuri 与"日后"yuri 同音，引导出后面的歌句。
2. "河口苇丛中"三句：前两句是序词，"马蔺草"的原文为 shirikusa，与后一句中的"知道"shiri 同音，这种被称作同音序，引导出后面的歌句。

2469　野茉莉被露水压弯
　　　我心中思恋不已

2470　菅草扎根河口
　　　暗自思恋你
　　　让人难以忍受

2471　山城的泉乡[1]
　　　靡靡的菅草
　　　我没有想过
　　　阿妹心无诚意

2472　如对面的三室山
　　　岩石下的菅草根
　　　我一心一意思恋

1. 山城的泉乡：泉川（木津川）流经之地，《和名抄》中可见山城国相乐郡水泉乡的名字。

如菅草根一样结实　2473
你为我结下的纽带
　没有人能解开

菅草般狂乱的思恋　2474
　见不到阿妹吗
　岁月在流逝

我园中长着羊齿草　2475
看不到忘情的萱草

耕过的田里　2476
会有很多稗草
被拔除遗弃的我
夜里感到孤独

竹林　吉田博

如压倒的菅草　2477
你强要与我结缘
　　能不相会吗

如润和川边细竹　2478
别人面前能隐藏
在你面前难忍受[1]

为了日后能相逢　2479
　梦里不断祈祷
　　岁月在流逝

如路边的石蒜花　2480
　众人都已知道[2]
　我思恋的阿妹

---

1. "如润和川边细竹"三句：润和川，所在不详。新村出氏认为是润井川，发源于静冈县富士宫市，流经吉原市和富士市，与诏川汇流，注入骏河湾。第一句为序词，"细竹"shino 和后句中的"隐藏""忍受"shinobu 为同音词，意义上也有关联。
2. "如路边的石蒜花"二句：第一句为序词，"石蒜花"的读音是 yichishi，与"知道""明了"的读音 yichishiroku 相近，引导出下面的歌句。

2481 没有仔细考虑
　　 在荒野结下标识
　　 如此能活下去吗
　　 难以忍受的思恋

2482 如水底的水藻
　　 我在倾心思恋

2483 脱下共枕的衣袖
　　 如水藻般横卧吗
　　 正在等我来吧

2484 你不在时作为留念
　　 我们二人种下松树
　　 等待你到来[1]

---

1. "我们二人种下松树"二句：前句中的"松树"matsu 与后句的"等待"matsu 构成同音关联。

依稀能望见 2485
挥动的衣袖
我伫立相送
被松枝遮掩

千沼的海岸边 2486
小松树深深扎根
我不断思恋
别人的阿妹

奈良山的小松树梢 2487
我思恋的阿妹
为什么不能相会[1]

礁矶上挺立的杜松 2488
为何陷入深深思恋[2]

1. "奈良山的小松树梢"三句:第一句为序词,"树梢"ure 与后句的"为什么"wuremuzo 音同,引导出后句。
2. "礁矶上挺立的松树"二句:第一句中的"杜松"muronoki 与后句中的"深深"nemokoro 形成类音关联,引导出后面的歌句。

2489　我们站在橘树下
　　　手扶树枝询问
　　　会结出果实吗
　　　询问的阿妹啊

2490　白鹤云中展翅
　　　心中飘忽不定
　　　因为你没来

2491　思恋阿妹难入眠
　　　清晨飞来的鸳鸯
　　　是阿妹的使者吗

2492　无法忍受思恋
　　　如鹏鹧涉水而来
　　　被人看见了吗

如去山顶的野兽　2493
熟人太多难挥袖
别以为我忘了你

大船上插满楫桨　2494
划船时也思恋
一年不见会如何

如母亲饲养的蚕　2495
不知如何能见到
躲在家中的阿妹

如肥人额上的发结　2496
染木棉般铭刻在心
让我如何忘记

---

1. "如肥人额上的发结"二句：肥人，即古时居住在九州南部的玖磨人，曾被日本人看作是不同人种。他们习惯用染过色的布或手巾拧成一条束在额部。第一句中的"发结"，与后一句中的"染木棉"发生关联，引导出后句中的内容。

2497 如隼人夜里的喊声
 叫出了我的名字
 请把我当作妻子

2498 宁愿踏利剑而死
 如果是为了你

2499 对阿妹思恋不已
 不再珍惜名声

2500 黄杨木梳虽陈旧
 为何看不够你

远离家乡思恋叹息　2501
不离床边梦里相见

如明亮的镜子　2502
捧在手里朝朝看
总也看不够你

夜来不离床　2503
为什么黄杨枕
等不来你的主人

在纷乱的思恋中　2504
持续我的生活吗

2505　拉紧梓弓不松懈
　　　若是意志坚定
　　　不会如此苦恋

2506　言灵聚集的路口
　　　黄昏时来占卜[1]
　　　说阿妹将依从我

2507　路上的占卜人说
　　　一定能遇见阿妹

---

1. "言灵聚集的路口"二句：言灵，是宿于语言中的灵力。古代日本人认为，黄昏是祸起之时，此时在人群聚集的路口，言灵也非常活跃灵验，因此黄昏时都会去路口问卦占卜。

星祭　小村雪岱

问答

2508　在天皇神殿恭敬侍奉
　　　就在此时遇见了你

2509　对别人说相见了吗
　　　躲在岩缝间的阿妹啊

　　　此二首。[1]

---

1. 左注提示,卷十一·2508、2509 组成一组歌。小学馆《新编日本古典文学全集》认为,这两首歌原本没有关系,后来才被组合到了一起。

枣红马疾驰如飞　　2510
　立刻隐入云间
阿妹快相拥共枕

　泊濑的路上　　2511
　长满了青苔
　危险的道路
　千万要当心

盼三诸山升起月亮　　2512
想听到你的马蹄声

　　此三首。

2513 雷声再小一点儿
　　　浓云不降雨吗
　　　想让你留下

2514 雷声再小一点儿
　　　不下雨我也要留下
　　　如果阿妹想挽留

　　　此二首。

五月雨　北野恒富

2515 翻动枕头夜难眠
　　　心中思恋的人
　　　此后还能相会

2516 枕头能说话吗
　　　已经长出青苔

此二首。以前一百四十九首,《柿本朝臣人麻吕之歌集》出。

正述心绪

如果母亲来干扰 2517
你我的事会落空

想起阿妹相送时 2518
泪水湿透衣袖

推开杉木门 2519
快快出来吧
管它以后如何

◎ 卷十一・2519 是一首男子咏唱的歌。

2520　只铺一层菰草
　　　 与你同眠不觉冷

2521　想起你的红颜
　　　 燕子花般娇艳
　　　 不禁叹息不已

2522　能看出你的怨恨
　　　 却装作若无其事
　　　 可心里不是这样

2523　虽然脸色没有泛红
　　　 心中正激动不已

和你相会有风言风语　2524
　为何只能鸿雁传情

是太尽心思恋吗　2525
此刻我心神交瘁

正等待阿妹到来　2526
　欢快的笑脸
　我想尽快看到

谁在屋前喊我　2527
母亲会来责骂
正在思念的我

月见草与穿浴衣的女子　吉田博

即使有一千个夜晚难眠　2528
我也不会像你那样后悔

家人¹路上来来往往　2529
等不来阿妹的使者

透过篱笆间的缝隙　2530
若能看见阿妹
我怎会如此思恋

即使舍弃性命　2531
也不说你的名字
请不要忘记

---

1. 家人：属私有民的一种，按照律令制的规定，家人的身份地位在奴婢之上，允许在主从关系外拥有家业，不可被主人买卖。但穿着与奴婢同，只可穿橡染的衣服，外出时无冠裸足。一般男女间的联络都托付给家人。

2532　若是平常的心情
　　　或许会让别人看
　　　我披散的黑发吧

2533　什么人能忘记面孔
　　　我思恋不已难忘记

2534　为了不想我的人
　　　我长年单相思吗

2535　我的心难以平静
　　　因为我流言四起

倾心思恋阿妹　2536
不知光阴荏苒

我不让母亲知道　2537
就随你的意愿吧

独寝菰草[1]会朽坏吗　2538
等你到绫席破成条絮

相见后已过千年吗　2539
事情并非如此吧
只是我在这样想
不堪忍受等待

---

1. 菰草：泽泻久孝援引增订本《万叶集新考》的观点，认为当时的居室内只有睡觉的地方才铺有菰草或蒿草，在草上面再铺席子。此歌意谓无论多久都会等你来。

2540　平分的短发
　　　束上青草了吧
　　　我思念的阿妹

2541　行箕里的阿妹
　　　心为你悬空
　　　虽然脚踏着地

2542　与若草般的新妻
　　　刚开始相拥而眠
　　　为什么要隔一夜
　　　又没有生怨恨

2543　想倾诉恋情安慰自己
　　　能等来你的使者吗

现实中无法相见 2544
请常在梦里相会
会为你思恋而死

那位是何人 2545
如果人们问起
不知该怎么回答
遣回了你的使者

出乎意料去拜访 2546
见阿妹喜上眉梢

竟会如此思恋 2547
夜晚枕不到
阿妹的手臂

2548　我竟如此思恋
　　　能等来你的使者吗

2549　我思恋阿妹的泪水
　　　透过木枕浸湿衣袖

2550　坐立不安思恋
　　　提红裙离去的身影

2551　不堪思恋的痛苦
　　　无奈走出门去
　　　看一眼阿妹的家门

虽然心中思恋不已　2552
不知如何派遣使者

梦中见到如此思恋　2553
眼前出现将会如何

相逢时含羞遮面　2554
　却还想看见你

明晨别开门太早　2555
思恋的人今夜来到

2556 垂帘遮挡难通过
即使不能同寝
也请你快过来

2557 向母亲说明吧
不然你我难相会
空等岁月流逝

2558 你觉得我可爱
说请不要忘记
为我结好的衣纽
已经自然松开

2559 昨日还在相会
只隔了今天
为什么我会如此
想不断见到阿妹

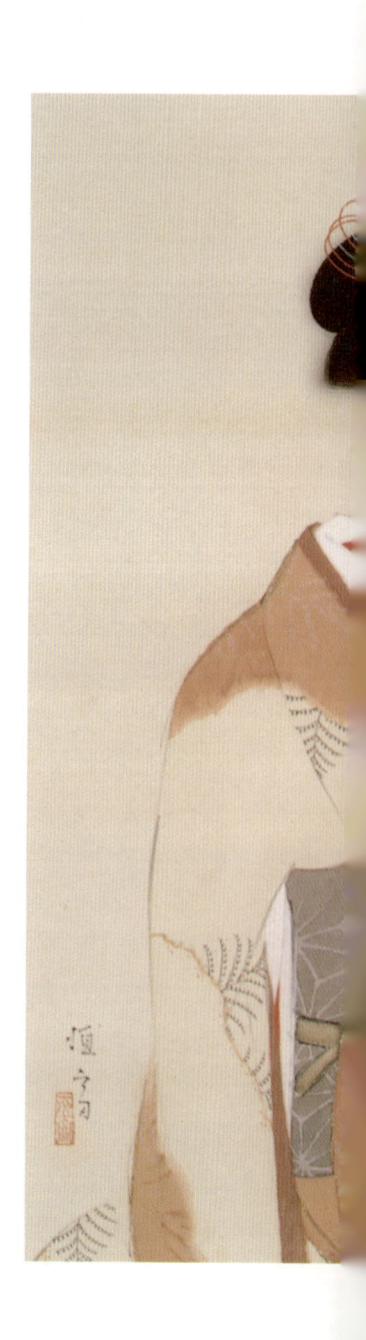

姑娘　北野恒富

2560　荒凉无人的乡村
　　　你不来安慰
　　　让我思恋而死吗

2561　在流言四起时相会
　　　会引出更多闲话吧

2562　乡里人议论阿妹
　　　我在一旁观望吗
　　　虽然并不憎恨

2563　怕别人看见你
　　　我也早早起身
　　　出门沾湿了裙裾

今夜我不在　2564
阿妹的黑发
在床上散开了吗

隔着苇墙看了一眼　2565
却为阿妹叹息千遍

如果表露出恋情　2566
会被别人知道
藏在我心中的阿妹

说相会能化解思恋　2567
可相见后更加思恋

2568　若是普通的思恋
　　　我能够走出
　　　严守的宫门吗

2569　请一定想着我
　　　说这话的那个人
　　　每夜都能梦见你

2570　这样会思恋而死
　　　已经和母亲商谈[1]
　　　请不要断绝往来

2571　男人可以向朋友宣泄
　　　我只有一人承受痛苦

---

1. 已经和母亲商谈：当时母亲的认可是男女结合的首要条件。

◎ 卷十一・2568 是执行勤务的官人偷偷溜出宫门与女子会面的歌。

谎话也如同真话　2572
什么时候听说过
为没见过面的人
　会思恋而死

已把心献给了你　2573
却不知如何表达
　要继续隐瞒吗

能忘记面孔吗　2574
　握紧了拳头
　又不忍心惩罚
　爱情这个家伙

想见你一面　2575
　持弓的左手
挠了发痒的眉梢[1]

---

1. 挠了发痒的眉梢：前出，见卷四·562 注释。

◎ 大伴家持所作的卷四·771 很可能是卷十一·2572 的模仿之作。

2576 趁机越过苇墙
见到了我的阿妹
却引来无数流言

2577 至少请现在多见面
离别苦恋的岁月长

2578 清晨不愿梳理头发
因为心上人抚摸过

2579 想快去相会的心情
眼下刚刚平静

口紅　北野恒富

2580　能够忘记面庞
　　　身为大丈夫
　　　能哀伤思恋吗

2581　嘴上说出来
　　　听起来没什么
　　　可心里异常思念

2582　颠三倒四胡言乱语
　　　说孩子话的竟是老人

2583　相见没隔多久
　　　却好像过了多年

自认为是大丈夫　　2584
　竟如此思恋
　这多难为情

能等出结果吗　　2585
世人总是多变

流言蜚语太多　　2586
不能派遣使者
　请不要认为
　我会忘记你

把阿妹留在　　2587
大原[1]的故里
　我无法安眠
　总在梦中相见

---

1. 大原：前出，参见卷二·103 注释。

| 2588 | 等待夜里与你相会
| | 惜别后仍无法入眠

| 2589 | 好像你不思恋我
| | 梦里也看不到你
| | 向神灵祈祷而眠

| 2590 | 不想走崎岖夜路
| | 为了阿妹无法忍耐

| 2591 | 等流言蜚语过去
| | 如果不去相会
| | 阿妹会忘记我吗

为思恋而死　2592
死后会如何
活着的时候
如此渴望相见

翻动枕头难入眠　2593
思恋的夜快放明

以为我能来　2594
夜里不关门
可怜的阿妹
正在等待吗

为何梦里看不见　2595
还是看见没察觉
为思恋六神无主

四月桜　井川洗厓

无法宽慰心灵　2596
就这样思恋吗
在每天每月里

怎样才能忘记　2597
日益思恋阿妹
让人无法忘记

虽然远远离别　2598
　我只思恋你
乡里的众人们
　我会思恋吗

持续无望的思恋吗　2599
　为了那个在夜晚
枕别人手臂的人

2600　如何能活上千年
　　　为思恋阿妹叹息

2601　现实和梦里
　　　都没有想到
　　　能和久违的你
　　　在这里相逢

2602　从黑发到白发
　　　说好都一条心
　　　如今怎么可能
　　　解除立下的誓约

2603　想把真心献给你
　　　可眼下只能思恋

思恋时可失声哭泣　2604
决不能在人前叹息

在路上不期而遇　2605
从此思恋阿妹

总有众人注目　2606
何时我不再思恋

没有相拥而眠　2607
正在等待我吧
眼前浮现出
阿妹的面容

2608　离开阿妹的怀抱
　　　铺单衣相思而眠

2609　衣袖已开线松散
　　　向阿妹家挥舞不已

2610　我的黑发松散凌乱
　　　总是心烦意乱思恋

2611　现在能枕你手臂
　　　相拥而眠吗
　　　衣纽徒然松开

触摸衣袖时起　2612
我无时不思恋你

黄昏去问卜　2613
说你今夜来
不知要等到何时

正为搔眉感到蹊跷　2614
结果遇见了老相识

夜里不能和阿妹　2615
　同枕相拥而眠
岁月在匆匆流逝

2616　杉木门板声太响
　　　在阿妹家附近
　　　独卧寒霜而眠

2617　打开山樱木门等待
　　　不知你已被谁留下

2618　月夜里径直去会阿妹
　　　赶到时已经夜阑更深

黄昏　和田英作

寄物陈思

2619　我已经消瘦成
　　　清晨的影子
　　　韩衣裾已不合身
　　　好久没有相会

2620　纷乱的思恋
　　　如解开的衣服
　　　为什么没有人问
　　　这是因为你吧

2621　梦见穿染色的衣服
　　　实际上是和谁
　　　有了流言蜚语

2622　志贺的渔夫
　　　烧盐穿的衣服
　　　天天不离身
　　　难忘记恋情

染红的衣裳[1]　2623
朝朝穿在身
越来越珍惜

深深染红的衣裳　2624
珍藏在心中难忘

无法相会夜占卜　2625
作币帛奉献的衣袖
还要再缝上去吧

抛弃旧衣服的人[2]　2626
秋风起时会怀念

1. 染红的衣裳：第一句是序，用染红来比喻爱情的深厚，并引出下面的抒情。
2. 抛弃旧衣服的人：比喻随意抛弃妻子的男人。

◎ 卷十一·2625 是意思难解的歌，从字面上看，男子为了和所爱的女子会面去占卜，结果将自己的衣袖当作币帛（祭神的供物）拆下，随后又问是否还要将那衣袖再缝上，最后的一句意思不明。

2627　初戴花冠的少女
　　　喜怒无常解衣纽

2628　身垂老式倭纹纽带
　　　没有人能比得上你

2629　不见面也不悔恨
　　　请把这个枕头
　　　当作我相拥而眠

2630　解开纽结的日子还远
　　　我的木枕已长出青苔

黑发在长夜中散开　2631
阿妹在枕臂等待吗

不能像照镜子　2632
直接看见阿妹
我无法停止思恋
岁月在不断流逝

如镜在手朝朝看　2633
恋情也不要间断

远离家乡思恋　2634
如镜子里的面影
总在梦里相见

此一首，上见《柿本朝臣人麻吕之歌集》中也。但以句句相换故，载于兹。

2635　身佩大刀的勇士
　　　也不堪思恋吗

2636　能触剑去死吗
　　　无法继续苦恋

2637　喷嚏接连不断
　　　如宝刀贴身的阿妹
　　　好像正在思恋

2638　你在末原野猎鹰
　　　能让弓弦¹断吗

---

1. 弓弦：比喻男女间的情缘。

葛城袭津彦的硬弓 2639
你对我太信任
说出我的名字了吗[1]

梓弓一张一弛 2640
不来就不来
要来就请来
为何来了又不来[2]

数着更夫的鼓点 2641
到了相会的时刻
不照面令人蹊跷

阿妹的笑脸 2642
在灯火中晃动

1. "葛城袭津彦的硬弓"三句：葛城袭津彦，仁德天皇皇后磐之媛的父亲，武内宿祢之子，以强弓之技闻名。第一句是序词，从"硬弓"引申出强烈、坚定之意，过渡到第二句。当时将自己恋人的名字告诉别人是禁忌，女子以反问的口气责怪男子。
2. "梓弓一张一弛"四句：原歌三十一个音中，出现了六次"ko"的音，这里以六个"来"对应，以体现原歌语言的韵律和绕口令般的效果。

2643　路上奔走辛苦
　　　铺上稻草歇息
　　　有办法见到你吗

2644　如果小垦田
　　　板田桥毁坏了
　　　就从桥桁上过去
　　　阿妹不要苦恋

2645　如为宫廷伐木
　　　泉[1]林场的樵夫
　　　整日劳作不休
　　　心中思恋不已

2646　住吉的津守
　　　网上的浮标
　　　去随波逐流吗
　　　无法承受苦恋

---

1. 泉：指山城的泉。前出，见卷十一·2471 注释。

笠置所见　速水御舟

2647　横云在天空消散
　　　相距太远难言相逢
　　　可是并不想离别

2648　不想左顾右盼
　　　飞驒人打的墨线
　　　只有一道痕迹[1]

2649　看山老翁的篝火
　　　心底燃烧着恋情

2650　葺屋顶的薄板
　　　如果对不上茬
　　　为什么开始同寝

---

1. "飞驒人打的墨线"二句：飞驒人，日本古时的飞驒人以多能工巧匠而闻名。用飞驒人笔直的墨线，来比喻一心一意。

难波人的苇火 2651
　熏黑了房屋
　自己的妻子
　永远觉得可爱

阿妹束起头发 2652
竹叶野上的马驹
看上去性情刚烈
　不会来相会吧

响起哒哒马蹄声 2653
　走出松荫观望
　　也许会是你

为思恋你失眠 2654
　迎来了黎明
　是谁在骑马
我听到了马蹄声

2655 提红裙走在路上
　　　是我走过去
　　　还是请你走过来

2656 轻神社祭祀的榉树[1]
　　　永远悄悄幽会吗

2657 在神奈备立起神座[2]
　　　可以虔诚祈祷
　　　但人心无法守护

2658 像浓云里的雷神
　　　只能听到声音吗[3]

1. 轻神社祭祀的榉树：借神社里的榉树喻时间久远。
2. 神座：原文写作"神篱"。古代日本人相信天神从天而降时，首先落在树上，巨大的杉树、榉树等被看作是神座，后来也用杉木板或树枝来代替。此歌感叹无法左右所爱之人的内心。
3. "像浓云里的雷神"二句：用只能听到雷声来比喻只听到了关于对方的传闻，而见不到人。此歌仅有序的部分，后面的内容没有唱出，但根据前面的序可以直接知道作歌者要说什么。

神灵也憎恶争辩　　2659
　随你听信流言
　不想去憎恨你

希望你夜夜来相会　　2660
无日不去神社祈祷

　神灵抛弃我吧　　2661
　不再珍惜生命

　还想和阿妹相会　　2662
无日不去神社祈祷

2663　神社的墙也要翻越
　　　我已经不珍惜名声

2664　月夜破晓时的影子
　　　我为思恋你消瘦

2665　月色如此明亮
　　　不觉已经破晓
　　　清晨迟迟归去
　　　没让人看见吧

2666　想亲眼看见阿妹
　　　如期待树荫的月亮

以袖拂床等你来　2667
　月亮已经西斜

月亮隐入二上山　2668
　令人感到惋惜
离开阿妹怀抱时

你在仰望叹息吧　2669
云朵别遮挡月亮

明镜般的月亮西沉　2670
更加让人思恋不已

石山秋月　歌川广重

今夜黎明时的残月　　2671
除了你不等别人

在这座山顶　　2672
看天空的月亮
如虚幻的思恋

夜空月亮西沉　　2673
我更加思恋阿妹

朽网山[1]昨夜的云　　2674
已经变得稀薄
我在思恋吧
想能见到你

1.朽网山：大分县直入郡久住山的古名。

2675 三笠山涌起云雾
　　　如思恋没有绝期

2676 想变成天上的云
　　　能天天去看你

2677 佐保乡里吹起狂风
　　　无法归去夜夜叹息

2678 可恨连风也不吹
　　　我后悔留门而眠

月光透过窗户 2679
狂风夜里想你

鸻鸟栖息的沼泽 2680
浓雾般惹人注目
如果亲密交谈

等待心上人的使者 2681
没带斗笠出门观望
天上下起了雨

想给你穿新韩衣 2682
整日在雨中思恋

2683　远方红土的小屋
　　　细雨淋湿了床板
　　　阿妹快靠近我

2684　对别人说没有斗笠
　　　想起避雨留下的你

2685　无法离开阿妹的门
　　　期盼老天能下雨
　　　好因此找个借口

2686　黄昏占卜的时候
　　　衣袖沾上白露
　　　想拿去给你看
　　　可惜正在消失

苎麻丛下有露水　2687
　天亮再回去吧
　母亲知道也无妨

久等也进不了你家　2688
我的衣袖沾上了露

我的生命如同朝露　2689
想返老还童等待你

我的衣袖沾上了露　2690
阿妹迟迟不来相见
　站在门外踟蹰

2691　不想左顾右盼
　　　我朝露般的生命
　　　全都托付给你

2692　夜里降下冰霜
　　　清晨开门归去
　　　请别留下足迹
　　　会让人知道

2693　无法承受苦恋
　　　情愿变成土地
　　　任阿妹天天踏过

2694　鹌雉飞过一座山峰
　　　看你一眼便思恋吗[1]

---

1. "鹌雉飞过一座山峰"二句：鹌雉飞过山峰是为了求偶，这一句是序，由此关联到下一句。歌作者很可能是对山另一边的某个女子一见钟情，因此咏唱了这首歌。卷八·1629 中有"山上的鹌雉，朝邻峰呼唤伴侣"。

雾蒙蒙的农家　吉田博

2695　无缘和阿妹相会
　　　如骏河国的富士山
　　　永远燃烧不止吗

2696　野熊出没师齿迫山
　　　追问也不说你的名字[1]

2697　珍惜阿妹和我的名声
　　　像富士山燃烧不止

2698　归来依然思恋
　　　山那边的浅香海滩[2]
　　　让人无法入眠

---

1. "野熊出没师齿迫山"二句：第一句序中的"师齿迫山"shihaseyama 引导出第二句的"追问"semeru，由类音关联构成的歌。
2. 浅香海滩：所在不明，有观点认为是卷二·121 中的浅鹿浦。这里指女子所在的地方。

安太[1]人架设鱼筑 2699
河滩上水流太急
　心中思恋不已
　却无法前去相会

在山谷深渊倒毙 2700
也不说你的名字[2]

明天渡明日香川 2701
不管会遇到什么

明日香川天天涨水 2702
我日益思恋难忍受

1. 安太：今奈良县五条市吉野川右岸一带。
2. "在山谷深渊倒毙"二句：借第一句序词中的"山谷深渊"引导出"隐藏""隐瞒"这一层意思，与第二句发生关联。

2703　大野川原[1]割菰草
　　　如悄悄隐入水中
　　　为思恋而来的阿妹
　　　我来解开你的衣纽

2704　如山下轰鸣的水声
　　　时时刻刻在思恋

2705　真是令人恼火
　　　没能和你相会
　　　在这处河滩上
　　　徒然弄湿了衣裳

2706　泊濑川湍急的河滩
　　　你掬起河水问道
　　　阿妹河水甜吗

1. 大野川原：具体不详。传说奈良县生驹郡富雄川下游也称大野川。

青山里的岩石 2707
　围起了沼泽
　我深深思恋
　　却无缘相会

猪名山轰鸣的流水 2708
只招来了流言蜚语
却无法和阿妹相会

我对阿妹的思恋 2709
　如果比作流水
　能漫过水栅

犬上[1]的鸟笼山[2] 2710
　有条不知也川[3]
　有人问我的名字
　　就说不知道

---

1. 犬上：即今滋贺县犬上郡彦根市。
2. 鸟笼山：即彦根市的正法寺山。
3. 不知也川：即大堀川。

2711　深山树荫里的水声[1]
　　　听到了无法忘记

2712　流言蜚语太多
　　　请暂时停止来往
　　　如水无川[2]的流水
　　　千万不可断绝

2713　明日香川水流湍急
　　　本以为能早早赶到
　　　却让阿妹等了一天

2714　宇治川湍急的河水
　　　让人无法站立
　　　如同我心中的激情

1. 深山树荫里的水声：第一句是序，比喻人们的传言。
2. 水无川：又称水无濑川，是条暗河，地表干涸，但地下有水流。卷四·598中也出现过。用水无川来比喻二人间的关系。虽然表面停止了往来，但私下可以见面，但决不要断绝来往。

神奈备打回崎的深渊 2715
我只能隐藏恋情吗[1]

高山上的流水 2716
跌落岩石飞溅
心中思恋阿妹
无法相会的夜啊

清晨的东风里 2717
水波越过堤堰
只是远远望见[2]
没有直接见面
却有瀑布般的流言

高山岩石下的激流 2718
没有喧嚣的水声[3]
即使为思恋而死

1. "神奈备打回崎的深渊"二句：打回崎，所在不详，可能在雷丘附近的明日香川流域内。第一句为序，从"深渊"导引出"隐藏"的意思。
3. "清晨的东风里"三句：前两句是序，导引出第三句"远远望见"。
4. "高山岩石下的激流"二句：第一句为序，导引出"喧嚣的水声"，比喻流言蜚语。歌作者发出即使忍受思恋，也不会轻举妄动惹得流言四起的愿叹。

迟日　竹内栖凤

如隐秘的沼泽 2719
不满足悄悄暗恋
向人说出了真情
本该谨慎从事

野鸭栖息的池中 2720
没有排水的暗渠
今天见到忧郁的你[1]

是拦水的木栅 2721
间隔太稀疏吗
是无法积蓄激情
还是我心灰意冷

阿妹斗笠的内沿 2722
我来到和射见野[2]
想通报家中的阿妹

---

1. "野鸭栖息的池中"三句：第一、二句为序，"没有排水的暗渠"与无法排遣的恋情相关联，由此引出第三句。
2. "阿妹斗笠的内沿"二句：第一句序中的"内沿"（原文读 karite）与"轮"wa 的意思相关，引申到地名"和射见野"，"和射见"的第一个音也是 wa，以谐音关联构成的歌。

2723　珍惜唯一的名声
　　　如埋在地下的木材
　　　不知恋情将如何[1]

2724　秋风吹过千江湾
　　　木屑漂向岸边
　　　我已倾心于你[2]
　　　不知将来会如何

2725　御津[3]的红土
　　　只露颜色不言语
　　　正如我的恋情

1. "珍惜唯一的名声"三句：埋在地下的木材，指长久埋在地下的古树。前两句是序，引出后句的"恋情"。
2. "秋风吹过千江湾"三句：千江湾，所在不明，有说在近江，有说在石见。前两句为序，借木屑被风吹向岸边比喻恋心所向，引出后句。
3. 御津：即难波的御津，在今大阪府域内。

海湾无风也起浪　　2726
　蒙受无稽的流言
还从来没有约会

酢蛾岛夏身的海湾　　2727
　海浪不断涌来
我从未停止过思恋

近江水上的岛山　　2728
我深深思恋阿妹[1]
　流言蜚语四起

遥远的大浦[2]起风浪　　2729
　任人们风言风语
　　不必去在意

---

1. "近江水上的岛山"二句：近江，即指琵琶湖。第一句序中的"岛山"指琵琶湖中远离岸边的小岛，引导出后面的"深深"一词。
2. 大浦：位于琵琶湖的北部。

2730　纪伊海的名高湾[1]
　　　虽然风浪声[2]高
　　　却没和阿妹相会

2731　牛窗[3]的浪涛声
　　　在海岛上回荡
　　　你蒙受流言蜚语
　　　不能来相会吗

2732　海浪涌到岸边
　　　离开左太海湾[4]
　　　此后会思恋吗

2733　白浪涌向礁矶
　　　变成礁矶更好些
　　　与其这样苦恋

1. 名高湾：今和歌山县海南市名高町海岸。
2. 风浪声：暗喻人们的流言蜚语。
3. 牛窗：今冈山县邑久郡牛窗町。
4. 左太海湾：日本各地都有左太这样的地名，此处的左太具体所在不详。

◎ 卷十一·2733 意为海岛的礁矶至少还有浪涛向它靠拢，胜过无人来访孤独思恋的人。

如同满潮时 2734
浪里的细沙
我还在活着吗
不能为思恋而死

住吉岸边重重浪 2735
能天天见阿妹吗

狂风吹起波浪 2736
我思恋不已的人
也在思恋我吗

大伴御津白浪不绝 2737
那人不知我在思恋

2738　大船在海上颠簸
　　　可以停航抛锚
　　　如何能停止思恋[1]

2739　鱼鹰在海面的礁矶
　　　不知波浪奔向何方
　　　如同我的恋情

2740　大船的船尾和船头
　　　都有波浪拍打
　　　虽然有风言风语
　　　我还是跟随你

2741　海浪有停歇的时候
　　　我无时不在思恋你

1. "可以停航抛锚"二句:"锚"yikari 引导出后句的"如何"yikani。

流水　横山大观

2742 志贺的渔民

在烟火中烧盐

我在苦苦思恋

此一首,或云,石川君子朝臣作之。[1]

2743 与其苦苦想你

不如去比良海湾

当渔夫采割海藻

2744 渔夫钓鲈鱼的灯火

远眺不见人影

此时正在思恋

2745 分开芦苇丛

入港的小船

遇到许多险阻[2]

见不到思恋的人

---

1. 左注之意,卷三·278 的作者为石川少郎子,少郎子是君子的号。此歌所咏的地名与卷三·278 相同,因此怀疑作者是石川君子。
2. "分开芦苇丛"三句:这三句是序,说明无法见面的原因。

海面上风平浪静 2746
　渔夫划桨不歇
　正如我的思恋

驶向味镰盐津的船 2747
　已经说出了名字[1]
　不能来见面吗

大船上装满芦苇 2748
　我心中只有阿妹

在水驿[2]牵舟渡河 2749
　阿妹闯入我心中

1. "驶向味镰盐津的船"二句：第一句为序，引导出后句。"说出了名字"意味着答应对方的求婚。味镰，是地名还是枕词不明。盐津，位于滋贺县伊香郡西浅井村，琵琶湖的北端。
2. 水驿：小学馆《新编日本古典文学全集》认为，古时日本只有陆上的驿站，水路的驿站不实用。此处出现的水驿可能来自汉典籍的影响。

2750 好久未和阿妹相会
　　　阿倍橘树[1]已长青苔

2751 巴鸭栖息渚沙[2]海湾
　　　礁矶上挺立着松树
　　　只有阿妹在等我

2752 不断听到阿妹的事
　　　都贺野[3]的合欢树
　　　无法将我隐藏
　　　时刻都在思恋

2753 看波浪间的小岛
　　　岸边生长着梧桐
　　　好久没和你见面[4]

1. 阿倍橘树：根据《和名抄》记载，阿倍橘为橙，比柚小，但具体为橘科中的哪一种不明。
2. 渚沙：位于今和歌山县有田郡有田市。
3. 都贺野：《持统纪》中可见"菟饿野"，今枥木县有上都贺郡和下都贺郡，但不能确定是否是那里。
4. "**看波浪间的小岛**"三句：前二句是序，"梧桐"的原文是"久木" hisagi，与后句的"好久" hisashi 构成类音关联。

润八川边的细竹[1]　　2754
　编织成竹帘
　思念时入眠
　在梦中相会

浅茅原上插标识　　2755
即使是编造的流言
　也和你我相关
　我等待你的回音

人生如鸭跖草般短暂　　2756
怎么能说日后相会

大君的斗笠上　　2757
缝着有间的菅草
　一直盯住不放
　阿妹完美无缺

1.润八川边的细竹：润八川，即卷十一·2478 中的"润和川"。"细竹" shino 引导出第三句的"思念" shinobu，属类音关联。

菊寿　上村松园

菅草根般思恋阿妹　　2758
失去了大丈夫的雄心

园中水蓼的老枝　　2759
　折下又长新芽
　直到结出果实
　我将一直等待

去山泽里采黑慈姑　　2760
　在大白天里相会
　任母亲来责骂

深山岩石下　　2761
　坚实的菅草根
　我深深思恋阿妹

2762　苇墙上的铁线蕨
　　　在冲着我微笑[1]
　　　不要让别人知道

2763　浅叶[2]野上割茅草
　　　割一把草的当儿
　　　也不要把我忘记

2764　为了你在活着
　　　思绪乱如菰草
　　　如同要死去一样

2765　苦苦思恋阿妹
　　　思绪如乱菰草
　　　活着还不如死去

1. "苇墙上的铁线蕨"二句：第一句中的"铁线蕨"原文读作 nikogusa，引导出后句的"微笑"nikoyoka。
2. 浅叶：地名，但所在不详。《和名抄》的记载中有多处与此相同发音的地名。

三岛[1]江海湾割菰草 2766
你只是偶然想念我

紫金牛露出颜色 2767
既然我在思恋
就不怕别人的耳目

海湾的芦苇丛中 2768
群鹤在骚动
白菅草飒飒作响
想告知我的恋情[2]
会有风言风语吧

对心上人的思恋 2769
如夏草割了更茂盛

---

1. 三岛：淀川下游，今大阪市东淀川区东端至三岛町、枚方市、高槻市南部。高槻市仍有三岛江这个地名。
2. "白菅草飒飒作响"二句："白菅草"读作 shirasuge，与后面的"告知"shirase 音相近，引导出后句。

2770　路边神圣的小树林
　　　不知到什么时候[1]
　　　才能等到回音

2771　为了来枕阿妹的衣袖
　　　没戴真野浦[2]的菅草斗笠

2772　真野池的菅草
　　　没缝在斗笠上[3]
　　　却有了风言风语

2773　藏到竹节里去吧
　　　你不来我这里
　　　我会如此思恋吗

---

1. "路边神圣的小树林"二句：第一句序中的"神圣"yitsu，与后一句的"什么时候"yitsu同音关联，引出后句。
2. 真野浦：位于今神户市长田区东尻池町附近。
3. "真野池的菅草"二句：将菅草缝在斗笠上，暗指男女间的关系已确定。

神奈备的小竹林　2774
　那么令人怀念
你那真切的声音

　　高山深谷边　2775
　葛藤延伸不绝
　能不断相会吗

　路边的青草地　2776
踏得冬天般枯黄
　想让阿妹知道
我正在苦苦等待

如果来访的次数　2777
像菰草席那么密
　路上不会长杂草

◎ 卷十一·2777 是一首女子的歌，表达了对不来见面的男子的怨恨之情。

风　北野恒富

如水底的水藻　　2778
　不露出水面[1]
　暂时这样来往吧

海索面藻[2]般缠绵　　2779
　为思恋萎靡不振

名高的海湾[3]　　2780
　柔顺的絮海藻
　我为阿妹倾心

深海底部的海藻　　2781
　正在为思恋焦躁

1. "如水底的水藻"二句：用不露水面的水藻，来比喻避人耳目秘密的情事。
2. 海索面藻：可食用的海藻，具体种类不明。
3. 名高的海湾：今和歌山县海南市名高町海岸。

2782　如果只是睡觉
　　　和谁都可以
　　　你像海藻一样体贴
　　　我等待你的回音

2783　阿妹毫不在意我
　　　可我如花蕾绽放[1]

2784　暗自思恋而死
　　　不能像你园中
　　　盛开的鸡冠花
　　　露出颜色[2]来吗

2785　花开也有花落时
　　　我心中思恋不止

---

1. 如花蕾绽放：意指为爱恋阿妹而痛苦的心情表露在脸上，已为世人知道。
2. 露出颜色：指在人前做出某种举动，流露出心中的恋情。

棣棠般光艳的阿妹　2786
身穿棣棠色的粉衣
　一直出现在梦中

天地终极的时候　2787
　思绪也不断绝
眼望阿妹家的方向

拼上性命苦恋　2788
　心中思绪烦乱
不在意让人知道

恋情如扯断的绳　2789
　心绪烦乱不堪
　　还不如死去
再也不能相会

2790 将绳的两端系上
　　　永远也不分离
　　　想系在一根绳上

2791 一根穿玉的丝线
　　　脆弱易被扯断
　　　我的心如此烦乱
　　　别人知道了吧

2792 保持平常的心绪
　　　在这一年中
　　　能不去见阿妹吗

2793 像不断的绳索
　　　我想不断相会
　　　阿妹家在远方

隐秘的泉水　2794
能够滴穿岩石
我一心想见你

纪伊国的饱等海滨[1]　2795
有枚遗忘的贝壳[2]
我多年无法忘记

水底的珍珠　2796
混杂着一枚贝壳
让我长年思恋

住吉的海滨　2797
空空的贝壳
没有真心实意
我能去恋爱吗

---

1. 饱等海滨：今和歌山县海草郡加太町田仓浜。
2. 遗忘的贝壳：原文记作"忘贝"，指原来连在一起的贝壳被分开后的其中一片，比喻离别的男女。

2798　伊势的渔夫
　　　为早晚的菜肴
　　　潜水采集鲍鱼
　　　我在单相思[1]

2799　流言蜚语太多
　　　在鹌鹑鸣叫的荒屋
　　　倾诉衷肠后归去

2800　雄鸡啼鸣报晓
　　　一人独眠的夜晚
　　　天亮就天亮吧

2801　大海的礁矶上
　　　栖息的水鸟
　　　朝朝都想见到
　　　无法看到的你

---

1. "伊势的渔夫"四句：前三句是序，引导出第四句。鲍鱼，是只有一个壳的卷贝，以此喻单相思。

按捺不住思恋 　2802
如鸰雉尾的长夜[1]

不能像乡里的雄鸡　2803
放开声音鸣叫
暗自饮泣的阿妹

高高飞翔的小凫　2804
越过了高高的山
我等的人会来吗

伊势海传来鹤鸣　2805
如果你能捎个口信
我会如此苦恋吗

1.如鸰雉尾的长夜："鸰雉尾"是"长夜"的枕词。鸰雉有长长的拖垂的尾羽，与长夜构成意义关联。

2806 是因为思恋阿妹吗
　　 像浮在水面的野鸭
　　 心中无法安宁

2807 天未明群鸟鸣叫
　　 还没枕够你的手

问答

2808 搔眉打喷嚏
　　 纽带也散开
　　 何时能相会
　　 我这样思恋

此歌,上见《柿本朝臣人麻吕之歌》中。但,以问答故,累载于兹也。[1]

---

1. 左注意思为:因为是问答,所以排列在此。

梅逸

柳鷺　山本梅逸

2809　今天连打喷嚏
　　　眉头也发痒
　　　仔细想一想
　　　都是为了你

　　　此二首。

2810　只能听着流言
　　　这样思恋吗
　　　如果见面后
　　　心里更加思恋

2811　想听这句话吗
　　　月亮也泪眼朦胧

　　　此二首。

对阿妹的思恋　　2812
让人难以忍受
折起衣袖入眠
梦里能相会吗

你折袖而眠的夜里　　2813
梦中真的看见了你[1]

此二首。

我无法按捺思恋　　2814
梦里也看不见你
岁月空流逝

---

1. "你折袖而眠的夜里"二句：古代日本人相信，将袖口挽起就能在梦中见到心上人。

2815　梦里也好久不见
　　　即使你把我抛弃
　　　也按捺不住相思

　　　此二首。

2816　不要在思恋中消沉
　　　我的心不会像云
　　　飘浮摇曳不定

2817　没有在思恋中消沉
　　　水无濑川[1]暗自流淌

　　　此二首。

---

1. 水无濑川：又称水无川，是条暗河，意指心中的暗恋。

将左纪沼的菅草　2818
缝到斗笠上的日子[1]
已经等待了多年

难波的菅草斗笠　2819
　放置旧了以后
也不是谁都能戴

此二首。

就这样等阿妹吗　2820
已经夜深月西沉

---

1. "将左纪沼的菅草"二句：将菅草缝在斗笠上，见卷十一·2772。

◎ 卷十一·2819 是一首女子咏的歌。放旧了的斗笠，意指男子很久没有拜访过女子。即使旧了其他任何人都不能戴，表达出女子除了原来的情人之外坚决不嫁他人的心情。

2821　林间西沉的月亮
　　　怜惜皎洁的光芒
　　　徘徊到更深

　　　此二首。

2822　像白滨的波浪
　　　让人难以接近
　　　疏远我的阿妹
　　　让人思恋不已

2823　你说的正相反
　　　我从来没有见过
　　　你接近白滨的波浪

　　　此二首。

早知思恋的人来 2824
杂草丛生的庭园
应铺上一层珍珠

家中铺珍珠能怎样 2825
即使小屋杂草丛生
只要和阿妹在一起

　　　　此二首。

如此关心爱抚 2826
别后如何是好

如果你是红花 2827
想染红衣袖而去

　　　　此二首。

はるかぜに
えのいとめて
まくへのゝ
をとゝしも
きらし志のふし

立美人　東川堂里風

譬喻

身穿鲜红的内衣　2828
在众目睽睽的场所
　　会透出颜色吧

想有更多的衣服　2829
　一件件替换吗
　　忘了我的面孔

此二首，寄衣喻思。

◎ 卷十一·2828 的含义是，想偷偷地和女子相会，发现女子很美，担心被别人看见。

2830 梓弓换了新柄
　　又回头来央求我
　　就随你的心愿吧

　　此一首,寄弓喻思。

2831 鱼鹰栖息的沙洲
　　搁浅的船等晚潮
　　我的等待更迫切

　　此一首,寄船喻思。

◎ 关于卷十一·2830 这首歌的含义众说不一,译者参考了小学馆《新编日本古典文学全集》的观点。

山里的河中设鱼筌　2832
　　看守照顾不到
　　我暗中渔利八年

此一首，寄鱼喻思。

野鸭聚集的池塘　2833
　　虽然有池水溢出
　　　可是我能越过
　　　池边的水沟吗

此一首，寄水喻思。

◎ 卷十一·2832 是与他人之妻偷偷相会的男子的歌。
◎ 卷十一·2833 表现出虽有非分之想，但不敢采取行动的男子犹豫不决的内心。

2834 大和室生[1]的毛桃
　　　桃树枝叶繁茂
　　　诚心频频恳求
　　　没有结果不罢休

　　　此一首，寄果喻思。

2835 葛草丛生的小野
　　　茅草会被人割吗
　　　我不是不在身边

2836 三岛的菅草
　　　还正在发芽
　　　能最终属于我吗
　　　三岛的菅草斗笠

1. 大和室生：今奈良县宇陀郡室生村，室生寺附近。

◎ 卷十一·2834 这首歌并非隐喻之作，而应归为寄物陈思歌之列。
◎ 卷十一·2835、2836 表现出等待年幼的女子成长，又怕被人夺去所爱的男子的不安。

吉野河湾的菅草　2837
　不想用来编织
只是胡乱割下来吗

在河上游清洗嫩菜　2838
　想漂到那处河滩
靠近阿妹的身边

此四首，寄物陈思。

一直这样守候吗　2839
我不是悬挂的绳标
在大荒木浮田神社

此一首，寄标喻思。

没有降下多少雨水　2840
心上人的流言蜚语
　竟如轰鸣的瀑布

此一首，寄泷喻思。

◎ 卷十一·2837 表达了女子对一时冲动的男子的怨恨之情。
◎ 卷十一·2838 与寄物陈思歌相近。

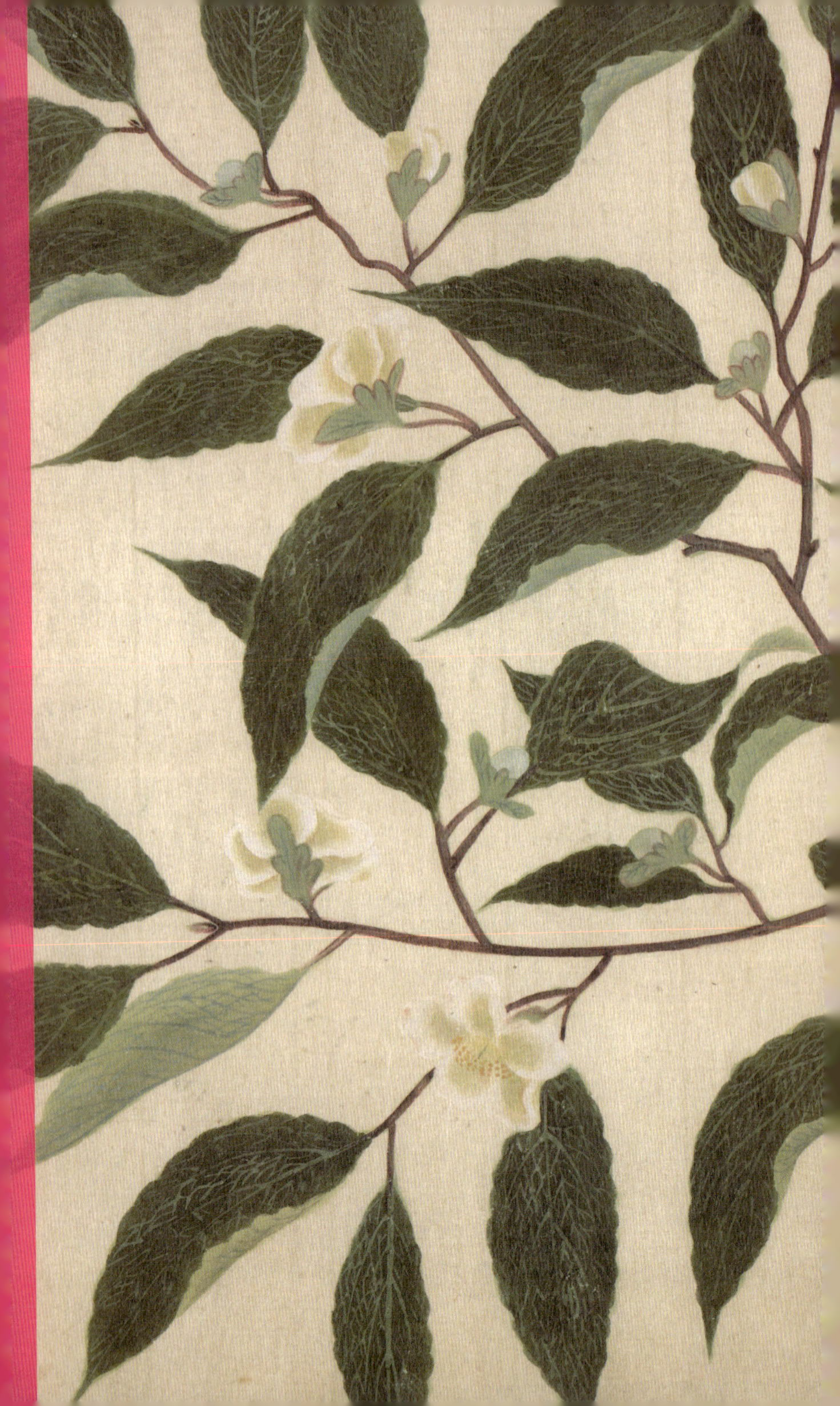

卷十二

落叶　小村雪岱

古今相闻往来歌契之下

正述心绪

清晨没看清楚 2841
你归去的身影
一整天都在思恋

我发自内心思恋 2842
从今天夜里开始
夜夜在梦里相见

可爱的阿妹 2843
能像众人那样
随意看看吗
不掌握在手中

近来夜不能寐 2844
想枕阿妹的手臂

2845　嘴上说能够忘记
　　　与他人谈天说地
　　　排解心中烦闷
　　　可心中更加思恋

2846　夜里难入眠
　　　心中不安稳
　　　也不脱衣服
　　　直到再相会

2847　以后还能相会
　　　请不要把我思恋
　　　阿妹的话在耳边
　　　思恋一年又一年

虽说无法真的相会　2848
梦中为何也有流言

一直梦中相会吗　2849
袖口没有干的日子
　我是如此思恋

现实中无法相会　2850
　请在梦中相见
　我是如此思恋

寄物陈思

2851　人们能够看见
　　　上衣结着纽带
　　　可人们看不见
　　　内衣的纽带散开
　　　思恋的日子漫长

2852　闲话多的时候
　　　希望阿妹是内衣
　　　贴在我的身上

2853　心里想着未来
　　　现在穿单衣独眠

2854　我的纽带不断
　　　紧紧拴住恋情
　　　直到相会的日子

对照镜　高畠华宵

2855　如新开辟的道路
　　　能听到阿妹的事情[1]

2856　在山城石田神社
　　　没有认真祈祷吗
　　　难和阿妹相逢

2857　如顽固的菅草根
　　　烈日也晒不干衣袖
　　　无法和阿妹相会

---

1. "如新开辟的道路"二句：第一句是序，引出后句。关于阿妹的消息与新开辟的道路同样令人兴奋和心情舒畅。

思恋阿妹难入眠　　2858
吹拂阿妹的晨风
也吹到我身上吧

渡过明日香川而来　　2859
真希望今夜不破晓

八钓川[1]河底的流水　　2860
几年来思恋不绝

1. 八钓川：位于今奈良县高市郡明日香村附近。

2861　礁矶上的小松树
　　　为了珍惜名声
　　　不为人知暗思恋

2862　如山中河岸边的山菅
　　　止不住对阿妹的思恋[1]

2863　浅叶野的菅草
　　　多年的草根
　　　我真心实意对你[2]
　　　除了你谁也不爱

此二十三首，《柿本朝臣人麻吕之歌集》出。

---

1. "如山中河岸边的山菅"二句：第一句是序，"山菅"yamasuge 与后面的"止不住"yamazu 为类音关联，引出后一句。
2. "浅叶野的菅草"三句：前两句是序，"菅草根"suganone 与后句中的"真心实意"nemokoro 为类音关联，引出后一句。

正述心绪

以为很快能等来你　2864
　叹长夜已经更深

和阿妹相拥而眠　2865
　长夜也让人欢喜

和别人的妻子搭话　2866
　这是谁说的话
　说解开这个衣纽
　这是谁说的话

◎ 卷十二・2866 是一首民谣风的歌。

2867 早知如此思恋
　　　那夜慢慢消磨多好

2868 心中思恋不已
　　　期望以后相逢
　　　但愿我能长寿

2869 阿妹我即将死去
　　　难相逢思恋不已
　　　心中无法平静

2870 你说要来相会
　　　可长夜已经过去
　　　不来就不来吧
　　　弄错时会来吗

雪枝白鷺　小原古邨

2871　阿妹因听信流言
　　　说路上也不能相见

2872　为无法相会感到悲伤
　　　又不断听到风言风语

2873　就让乡里人传流言
　　　说我因思恋而死
　　　将传出谁的名字[1]

2874　没有信赖的使者
　　　让心去告诉你
　　　在梦中看到了吗

---

1. "就让乡里人传流言"三句：如果我为恋情而死，人们会传出与你有关的流言。歌作者的口气中带着威胁。

自认为是男子汉　2875
差一点儿顶天立地
可为何没了雄心

没有住在乡里　2876
我避开人们的目光
暗自思恋不已

何时都在思恋　2877
此时尤为激烈

想起相会的夜晚　2878
被懊悔撕裂的胸口
再也无法修复

2879　已经不在乎
　　　空中弥漫流言
　　　难相会的日子
　　　已经过了一年

2880　现在想亲眼看到你
　　　只在梦里相拥而眠
　　　让人感到凄苦

2881　坐立不知所措
　　　已经有月余
　　　没有看到阿妹

2882　无法相逢的思恋
　　　怎么能够忘记
　　　思恋正与日俱增

能远远看到你　2883
我会停止思恋
不会伤心欲绝

今日思恋不已　2884
明日天亮怎么过

夜里思恋阿妹　2885
枕头也哀声叹息

人言真是可畏　2886
可我并不在意

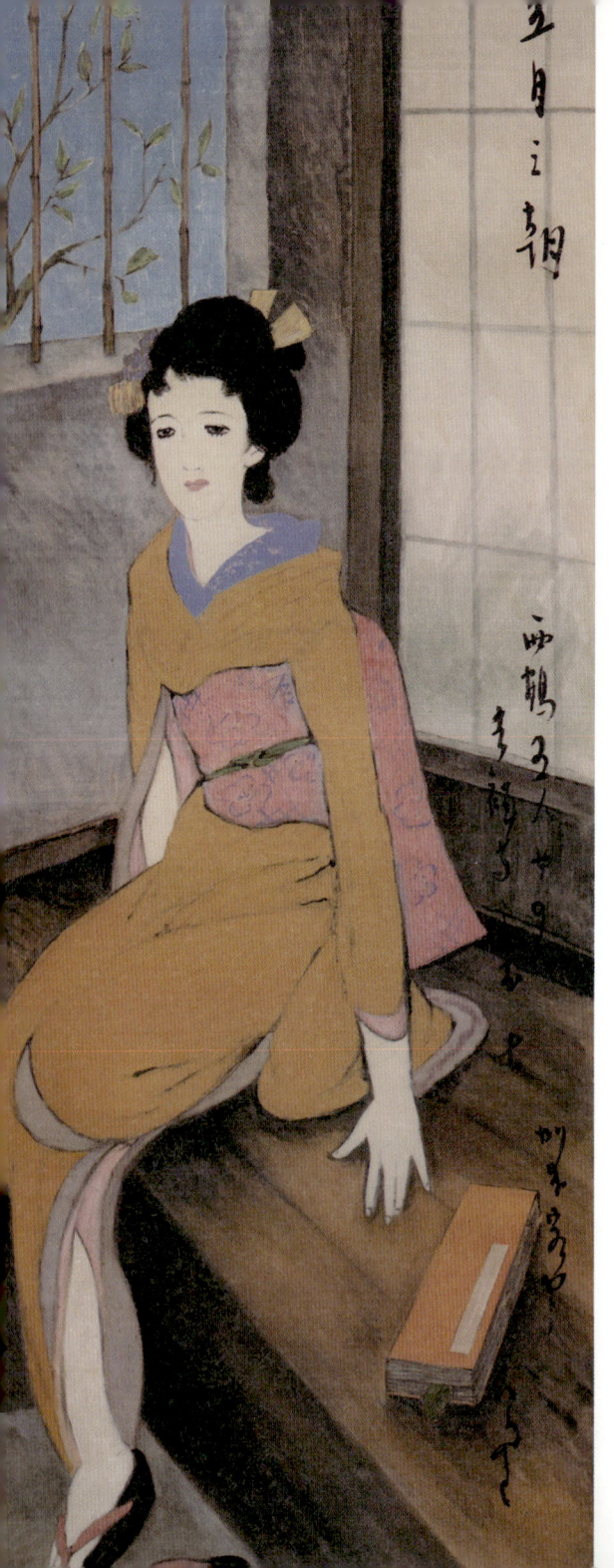

五月的早晨　竹久梦二

坐立不安不知所措　　2887
脚在地上心在空中

请不要以为　　2888
这是老生常谈
要真心实意相爱
分别的日子太多

我为何要如此思恋　　2889
阿妹没说不能相会

是黑夜太长吗　　2890
几度梦见了你

2891　我长年如此思恋
　　　真能保全性命吗

2892　不知如何排遣思恋
　　　已经数月没有相会

2893　清晨你归去
　　　夜里又来相会
　　　我不知为什么
　　　在无端叹息

2894　听到流言一直惦念
　　　心如刀割六神无主

人们的流言可畏　2895
　自从上月起
　没有见到阿妹

说的是真的吗　2896
　我不落在地上
　宁可消失在空中

待到何日何时　2897
　天天都能看见
　阿妹提裙的身影

独自思恋太苦　2898
　有忘记的办法吗

2899 如果沉默不语
　　 克制自己不见面
　　 我会如此苦恋吗

2900 阿妹舒眉的笑容
　　 总是浮现在眼前
　　 令人思恋不已

2901 无奈黄昏日落
　　 几度叹息思恋

2902 我不分昼夜思恋
　　 无法排遣重重激情

2903　徒然搔弄细眉[1]
　　　不见有人来

2904　苦苦思恋不已
　　　说日后能相见
　　　不这样自我安慰
　　　怎么能活下去

2905　也活不上多久
　　　我思恋叹息不已
　　　不为人所知

2906　远去他乡求婚
　　　未解大刀纽带
　　　长夜已破晓

1. 搔弄细眉：前出，见卷四·562 注释。

◎卷十二·2906 与卷十三·3310（问答歌）及《古事记》上卷八千矛神求婚的歌谣相似，很可能是古歌谣的一节。参见《日本古代歌谣集》中的《古事记》歌谣·2—5。

2907　如今已经没有
　　　大丈夫的雄心
　　　恋情这个家伙
　　　让我死去活来

2908　一直如此苦恋
　　　请给我片刻安宁

2909　如果是逢场作戏
　　　你已是别人的妻子
　　　会让我思恋吗

2910　心中思恋万千
　　　众目睽睽之下
　　　无法去见阿妹

众目睽睽之下 2911
忍耐不相见
心中的思恋
丝毫没减少

人们看见也不怕责怪 2912
今夜梦中我要去相会
请你千万别插上门

生命能没有止境吗 2913
这样苦恋生不如死

梦见心爱的阿妹 2914
起身寻不见踪影
心中充满寂寞

虫声　高畠华宵

怕叫声阿妹太失礼　　2915
　可又想开口搭讪

是谁说想见面　　2916
　可是见面时
　　又遮住面孔

阿妹真来了吗　　2917
　还是迷乱的梦
　　让我如此思恋

通常为何要思恋　　2918
　不必寻找借口
　和阿妹同寝的年龄
　　　就要来到了

2919 两个人结的纽带
　　　我一人无法打开
　　　直到再次相会

2920 我已经不考虑
　　　是否会死去
　　　只是一心惦念
　　　无法和阿妹相会

2921 我身为弱女子
　　　和你的心情一样
　　　片刻也止不住
　　　想着和你见面

2922 想到夜里和你相会
　　　日落兴奋不已

今天想立刻见到你 2923
　流言太多难相见
　　只有思恋不已

没想到人世上 2924
思恋竟如此强烈
没有你共枕的夜晚

幼儿才需要奶妈 2925
　你是想吃奶
　来找奶妈吗

可惜成了老太婆 2926
本想去给你当奶妈

◎ 卷十二·2925 是年长的女人拒绝年轻男子求婚时的歌。
◎ 卷十二·2926 是前一首歌的继续,这两首都以戏谑口吻作成。

2927 曾经伤心离别
　　 如果再枕袖相会
　　 能燃起旧情吗

2928 人们的死法不同
　　 心里思恋阿妹
　　 我日益消瘦
　　 不想让人知道

2929 我夜夜伫立等待
　　 如果你不来
　　 将会痛苦不堪

2930 生来没遇到爱情
　　 人世上的思恋
　　 数我的思恋最苦

不断思恋太苦　2931
夜里我要去相会

思恋在心中燃烧　2932
可世人众目睽睽
不能和阿妹相会

尽管你不再思恋　2933
我一人单相思
你光彩照人的身姿

虽然常常见面　2934
却无法携手交谈
让人痛苦不堪

扑萤　喜多川歌麿

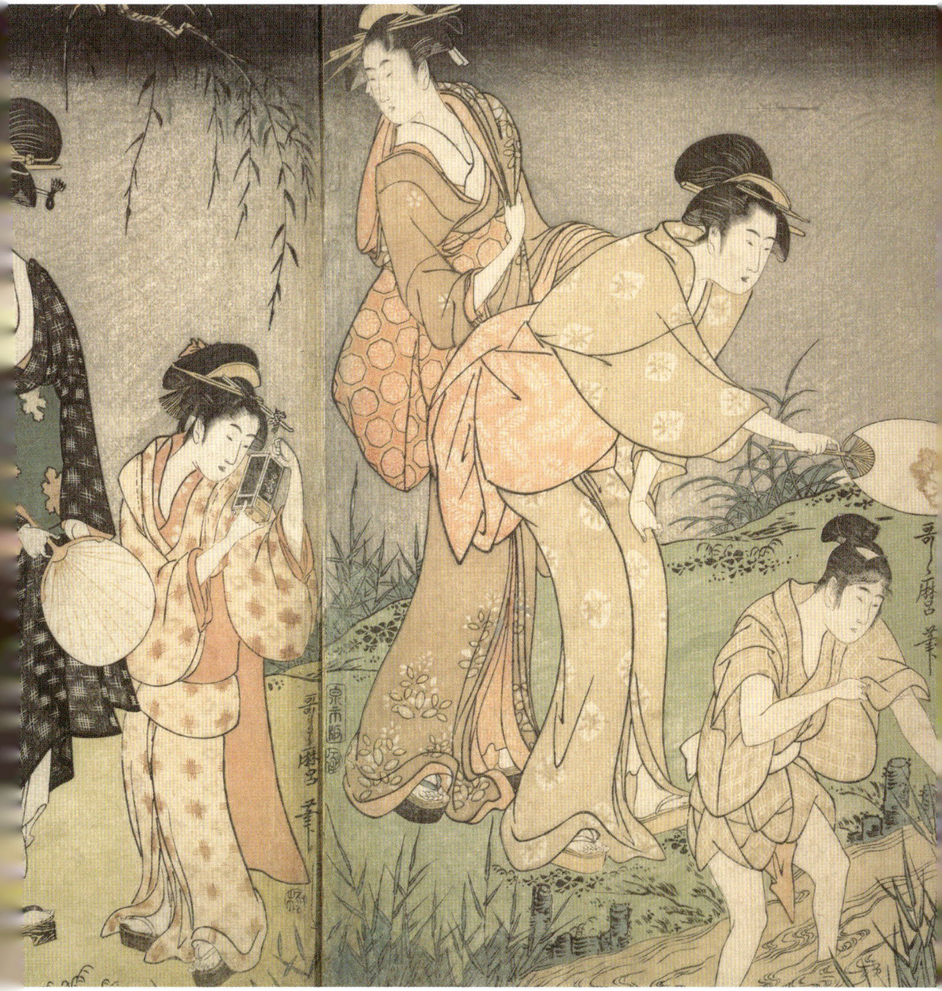

2935 岁月如此漫长
　　　我要思恋到何时
　　　也无法预知生死

2936 我就要死去
　　　如果思恋你
　　　日夜不安宁

2937 为思恋折起衣袖吗
　　　希望夜里梦见阿妹

2938 流言蜚语太多
　　　能看见心上人
　　　却无法相会

虽然轻松说爱　2939
可是我无法忘记
　宁愿为爱而死

死后能安宁吧　2940
不知日出日落
　让我更痛苦

如今我难遣思恋　2941
多年没见到阿妹

似乎想和你相会　2942
如婴儿夜啼不止
　让人无法入眠

2943 我想长命百岁
　　　只是为了揭穿
　　　爱说谎话的人

2944 风言风语太多
　　　无法和阿妹相会
　　　近来只能暗思恋

2945 夜里等你的使者
　　　如今已成习惯
　　　难入眠的夜多

2946 在路上行走的时候
　　　远远看见可爱的阿妹
　　　不知要等到何时

思恋时不知不觉　2947
说出了恋人的名字
　　应该小心谨慎

明天从门前经过　2948
　请你出来看看
　我思恋的神情

心中更加忧郁　2949
　请你想想办法
哪怕待上一会儿

自从看见阿妹　2950
夜里开门的身影
　心便悬在空中
虽然脚踏在地上

2951　海石榴市[1]的街口
　　　歌垣上结的纽带
　　　解开让人惋惜

2952　我已年老体衰
　　　思念交袖而眠的你

2953　我为思恋你哭泣
　　　泪水浸湿了衣袖
　　　可是毫无办法

2954　没说今后不相会
　　　可是我的衣袖
　　　没有干的时候

1. 海石榴市：今奈良县矶城郡大三轮町大字金屋，东面是泊濑，南面是忍坂、山田、磐余，西面是当麻，距离横大道很近。北面通往上道和山边道，是四通八达的交通要地。关于海石榴市歌垣的记载最早见于《武烈前纪》。

难道是梦吗 2955
这样让人心动
别离数月后
有了你的音信

经过漫长岁月 2956
总梦见你的身影

从今后如何思恋 2957
才能和阿妹相见
哪怕不离床边
在梦里相见也行

不让别人看见非难 2958
一直在梦中相见
会平息我的思恋吧

2959 现实中断绝了音信
　　　请在梦里不断相见
　　　直到再相逢

2960 我没有世人的常情
　　　已多年没见到阿妹

2961 虽然是普通的话语
　　　反反复复听说后
　　　终于让人动心

2962 今夜没相拥而眠
　　　天亮就天亮吧

2963 人们宽衣而眠
　　　无法入睡的人
　　　在不断思恋吧

红叶 小村雪岱

寄物陈思

2964　你是如此薄情
　　　如果是件衣服
　　　我本想贴身穿上

2965　橡实染的夹袄
　　　里子翻到外边
　　　是想难为我吗[1]
　　　为何你还不来

2966　红花轻染的衣裳
　　　此时正在思恋
　　　隐约看见的人[2]

---

1. "橡实染的夹袄"三句：前两句为序，夹袄的里子外翻，意指人或物品位低下，这里指心意不诚，故意为难人的举动。
2. "红花轻染的衣裳"三句：第一句是序，"轻染"与第三句中的"隐约"相呼应。

麻叶鹿子　高畠华宵

2967　阿妹说若相隔多年
　　　看到后请想起我
　　　看衣服上缝的线
　　　心中无限悲伤

2968　橡实染的单衣
　　　没有缝衬里
　　　为了无心的阿妹[1]
　　　我在思恋不已

2969　如同解下的衣服
　　　思绪无比烦乱
　　　为什么没有人问
　　　你这是为什么

1. "橡实染的单衣"三句：第一、二句是序，"衬里"与第三句中的"无心"相关联。

染着桃色的衣裳　　2970
　淡淡思恋的阿妹[1]
　　能去相会吗

为大君烧盐的渔夫　　2971
　已经习惯穿藤衣
　　越来越难离身[2]

赤绢衬里的长衣　　2972
　我在思恋你[3]
　　可近来无法相会

1. "染着桃色的衣裳"二句：第一句为序，"桃色"和后句中的"淡淡"相呼应。
2. "已经习惯穿藤衣"二句：用藤衣不离身来比喻与所爱的人难分离。
3. "赤绢衬里的长衣"二句：第一句是序，"长衣"的"长"与后句中的"思恋"一词具有词义关联。

2973　为了现在和将来
　　　结下了纽带
　　　身上的纽带
　　　有解开的日子吗

2974　结好的紫纽带
　　　无法去解开
　　　只能思恋阿妹吗

2975　结好的高丽锦纽
　　　不再来解开
　　　我在静心等待
　　　可是毫无结果

2976　我紫色的纽带
　　　不露出颜色[1]
　　　为思恋而消瘦吗
　　　无法来相会

---

1. "我紫色的纽带"二句：意指不将恋情表露在外。

如何才能不思恋　2977
如纽带结在心里
　让人如此思恋

请看看这个镜子　2978
拿着我的礼物时
　能不相会吗

能像照镜子那样　2979
　直接面对你
搭上性命的思恋
　也会平息吧

如照镜子看不够　2980
　数月不见阿妹
　让我没法活

春表　川瀬巴水

大正十四年春

巴水

神官庄严悬挂　　2981
三轮山的神镜
我想念牵挂的人[1]
看遇见的每个人

有针没有阿妹　　2982
没有办法缝上
让我如此为难
这条断了的纽带

高丽剑难以接近　　2983
我只能远远看你[2]
这样思恋不已吗

刀剑珍惜锋刃　　2984
我不珍惜名声
近来恋情更深

1."神官庄严悬挂"三句：前两句是序，"悬挂"kakeru 和"牵挂"kakeru 为同声词，构成前后句的关联。
2."高丽剑难以接近"二句：高丽剑，即环头大刀，令人联想到"环""轮"的发音 wa，并与后面一句开头的"我"wa 同音，以同音关联引出后句。

2985 梓弓不知未来[1]
　　　只想在现在
　　　全心接近你

2986 梓弓一张一弛
　　　经过前思后想
　　　还是倾心于你

2987 大丈夫拉开梓弓
　　　不堪忍受思恋吗

2988 梓弓一伏三起
　　　与断交的你相遇
　　　该停止叹息了吧

---

1. 梓弓不知未来："梓弓"是"未来"一词的枕词，由"梓弓"引导出"未来"一词，这个词又承接下一句，构成完整的意思。

◎ 卷十二·2986 的手法更倾向于比喻。
◎ 卷十二·2987，拉开强弓的大丈夫竟不敌思恋吗？用自嘲口吻作成的歌。

如今还有什么烦恼　2989
梓弓一张一弛
左思右想之后
才与你相好

少女们纺麻的络垛　2990
缠绕着柔韧的麻线
纺麻没有厌倦时
心中思恋不已

母亲饲养的蚕　2991
缠在丝茧里
快要窒息了
不能和阿妹相会

不开口痛苦　2992
如果开口搭话
又不断想见到你

2993 紫色斑点的花冠
色彩鲜艳夺目
今天看见的人
日后会思恋吧

2994 无时不在思恋
为何找不到时机
去和阿妹相会

2995 在能够相会前
如编菰草席的网目[1]
多次在梦中相见

2996 木棉是人工饰物
真实生动的话语
何时都无法忘记

1. 如编菰草席的网目：形容次数较多。

山茶　尾形光琳

2997　石上布留的高桥
　　　高低要等来阿妹
　　　可已经夜阑更深

2998　分开芦苇入港的小船
　　　障碍太多不能快来
　　　别以为我已经放弃

2999　水源丰富充足
　　　在山田里种水稻
　　　拔掉许多稗草[1]
　　　我一人独眠

3000　情投意合应共枕
　　　母亲如同在监视
　　　破坏田地的野猪

---

1. 拔掉许多稗草：被抛弃的人将自己比作被拔除的稗草。

如春日野的夕阳 3001
只是远远看见你
　如今追悔不已

对别人说在等待 3002
山上的月亮出来
　我在等待阿妹

　夜里明月当空 3003
破晓前一片黑暗
　隐约看见的人
　让我思恋不已

　天空上的明月 3004
　消失的那一天
我才能不思恋吧

3005 　十五的月亮
　　　高高挂在天上
　　　正在等你光临
　　　不知还考虑什么

3006 　皎洁月色下出门
　　　到量步占卜的时间
　　　能和阿妹相会吗

3007 　月亮渡过夜空
　　　如果清晰明亮
　　　能看清你的身影

3008 　山上的林木茂盛
　　　何时能等月亮出来
　　　我在苦苦等待你

橡实染的衣服 3009
脱下来捣洗
还是比不上
真土山的老交情[1]

佐保川没有波浪 3010
我想和你一起
静静依偎到天明

将衣服借给阿妹 3011
春日的宜守川啊
没有好办法吗[2]
想和阿妹相会

1. "橡实染的衣服"四句:"捣洗"读作 matsuchi,与最后一句的"真土山"matsuchiyama 有音义关联。"真土山"又与"老交情"mototsu 为类似音关联。
2. "将衣服借给阿妹"三句:原文"借给"kasu 引导出下一句的"春日"kasuga。"宜守川"yoshikigawa 与后句中的"好"yoshi 同音构成关联。

3012　阴天降下了雨
　　　布留川泛起细浪[1]
　　　我不停地思恋你

3013　阿妹别忘记我
　　　石上布留川的流水
　　　能相思永不绝吗

3014　如三轮山的河水
　　　喧嚣奔流不息
　　　日后将是我的阿妹

3015　雷鸣般的瀑布
　　　你清秀的面庞
　　　如白浪般清晰
　　　近来看不到了

---

1. "阴天降下了雨"二句：第一句序中的"降雨"furu 引导出后句的"布留川"furukawa。

曳船　横山大观

3016　　山谷中的激流
　　　　恋情更加强烈
　　　　让人知道多糟糕
　　　　因为思恋不断

3017　　山间流水不出声
　　　　暗恋人家的阿妹

3018　　高濑的能登濑川
　　　　以后能和阿妹相会[1]
　　　　今天不见也行

---

1. "高濑的能登濑川"二句：第一句是序，"能登濑" notose 与后句的"以后" nochi 为类音关联。

如取替川[1]的河湾　3019
我无心断绝往来

斑鸠的困可池　3020
虽然清净宜人[2]
人们不谈论你
让我烦恼不已

池沼般暗自思恋　3021
表露出来让人知道
会为此叹息吗

---

1. 取替川：位于今奈良县生驹郡。
2. "斑鸠的困可池"二句：第一句的"困可池"yoruka 与后句的"清净宜人"yoroshiki 为类音关联。困可池，位于今奈良县生驹郡斑鸠町。

3022　如无法宣泄的池沼
　　　我近来总在暗思恋

3023　池沼般暗自思恋
　　　涌白浪人会知道

3024　想看见阿妹的眼睛
　　　如堀江泛起的细浪
　　　告诉你我一直思恋

3025　石上飞溅的瀑布
　　　我从心里爱你

无奈你不来 3026
我如落寞的浪花
你说过不来吗

淡海岸边的浪 3027
人人都知道
你如湖心的浪
没有人知晓

如深深的海底 3028
与阿妹心连心
从来不猜疑

思恋如左太海湾 3029
不断涌来的白浪
为何难与阿妹相会

3030 无法承受的思恋
　　 如遥不可及的云彩
　　 只有思恋不已

3031 心如白云易变
　　 请不要依赖我
　　 等待实在痛苦

3032 不断望你家的方向
　　 生驹山别笼罩云雾
　　 即使有雨水飘落

3033 当初为何要相识
　　 如我家山上的烟雾
　　 远远观看该多好

不堪思恋阿妹　　3034
胸中如火燃烧
清晨打开房门
只见一片浓雾

如隐在晓雾里　　3035
我心中的思恋
为何露出了颜色

思恋时无法解脱　　3036
想如佐保山的雨雾
消失得无影无踪

切目山[1]往来的路上　　3037
升起了一线朝霞
难道不能隐约
看上阿妹一眼

---

1 切目山：和歌山县日高郡印南町（原切目村）附近的山。

3038　早知如此思恋
　　　愿作夜里的露珠
　　　在清晨时消失

3039　夜降晨消的白露
　　　如我逝去的恋情

想最终和阿妹相逢　3040
我朝露般无常的生命
承受如此强烈的恋情

草上朝朝落白露　3041
你说一同消失吧

3042　朝日照耀春日野
　　　像露水那样消失
　　　我不会感到惋惜

3043　像霜露那样易逝
　　　虽然我年老体衰
　　　想返老还童等你

3044　站在园中等你
　　　我飘散的黑发
　　　落上了白霜

3045　晨霜刚刚消失
　　　会无时不思恋吧
　　　哪怕豁上性命

微波轻轻荡漾　　3046
小雨飘落无尽
如同我的思恋

神圣的岩石间　　3047
松根坚定不移
不忘你的情意

雁羽小野的猎场　　3048
栎树林没有长高
只有思恋在增长

苎麻丛下的草　　3049
如果长得快
我就不会解开
阿妹的衣纽[1]

---

1. "苎麻丛下的草"四句:第一、二句是序,引导出后句。但对歌意解释不一。泽泻久孝氏的解释是,若不是阿妹已经长大,歌作者就无机会与她结缘了,正好赶上了时间。

3050 用春日野的茅草
　　 结上不绝的标识
　　 和我思恋的人
　　 一直到永远

3051 像菅草根那样坚定
　　 我思恋你的身影

3052 佐纪泽的菅草根
　　 想给割断吗
　　 近来看不到你

3053 如菅草根思恋不绝
　　 能和阿妹相会吗

山家早春　川合玉堂

3054　毫不思恋我的人
　　　还像菅草根那样
　　　诚心思恋吗[1]

3055　像挡不住的菅草
　　　对你思恋不已吗
　　　我近来失魂落魄

3056　难离开阿妹的门
　　　打上一个草结
　　　请风不要吹散
　　　还要回来看望

3057　踏进浅茅原的茅丛
　　　心被思恋刺痛
　　　眼望阿妹家的方向

---

1. "毫不思恋我的人"三句："菅草根" suganone 引导出后句的"诚心" nemokoro。

我虽然身在华丽的宫中　3058
不会像鸭跖草那样变心

即使有千百种流言　3059
不会像鸭跖草般变心

衣纽上结着萱草　3060
无时不在思恋
让人活不下去

破晓醒来的草　3061
看到了这株草
请你想起我

3062　墙根下种满萱草[1]
　　　这些没用的草
　　　还是让我思恋

3063　在茅原小野结标识
　　　请说句相会的谎言
　　　也能安抚心中的思恋

　　　或本歌曰：将来知志，君矣志将待。又，见《柿本朝臣人麻吕歌集》。然落句小异耳。[2]

3064　人们将有间的萱草
　　　缝在斗笠上
　　　期望日后再见

---

1. 萱草：前出，见卷三·334 注释。
2. 左注中，"将来知志"二句为万叶假名，意为"传信说要来，我正在等待"，相当于歌中的第二句和第三句。此歌还见于《柿本朝臣人麻吕歌集》，但后一句稍有不同。

燕子花　小林古径

3065   吉野的秋津小野[1]
        割来凌乱的茅草
        夜里烦乱难眠

3066   像三笠山的菅草
        这条命不死
        要思恋不止吗

3067   峡谷里的葛藤
        向山峰延伸
        只要心心相印
        一年不见也行

3068   山岗上的葛叶
        被风吹翻了个
        那个面熟的阿妹
        近来看不见

---

1. 秋津小野：吉野宫瀑布附近的原野。

枣红马在葛原奔跑　　3069
　为什么让人传言
　直接道来该多好

田上山[1]的葛藤　　3070
　只要坚持不懈
　　日后能相会
　不在今天也行

丹波道的大江山[2]　　3071
　葛藤延伸不绝
　不想断绝关系

大崎渡口的礁矶　　3072
　葛藤四处延伸
我只能不断思恋吗

---

1. 田上山：位于滋贺县栗太郡宇治川的上游地带。
2. 大江山：从山城国到丹波途中的山，位于京都府右京区和南桑田郡之间。

3073　白月山的葛藤
　　　如延伸的枝蔓
　　　日后必定相逢

3074　棣棠花容易变色
　　　有心人过了一年
　　　请不要断绝音信

3075　人会这样死去
　　　为了只看过一眼
　　　藤花般美丽的人

3076　住吉的敷津海湾
　　　马尾藻通告了名字[1]
　　　为何不来相会

---

1. "住吉的敷津海湾"二句：敷津海湾，位于大阪市住吉区住吉神社西。马尾藻，见卷三·362。将名字告诉给异性，意为同意接受对方的感情。第一、二句为序，引导出后面的内容。

鱼鹰栖息的礁矶　　3077
马尾藻不告知名字
即使被父母察知[1]

海藻随波摇曳　　3078
我单相思的人
遭人议论不休

如海藻般缠绵　　3079
你快快来同寝
我在苦苦等待

大海里的海索面　　3080
决不说出名字[2]
即使为思恋而死

1. "马尾藻不告知名字"二句：马尾藻，见卷三・362。这里的不告知名字，是指不会将男子的名字告诉父母。
2. "大海里的海索面"二句：第一句序词中的"海索面"原文记作"绳のり"nawanori，与第二句中的"决不说出名字"nawanoraji 构成类音关联。

◎ 卷十二・3076 是男子对女子咏唱的歌，而卷十二・3077 是女子对男子的回答。

立美人　北野恒富

捻股丝线穿珠玉　3081
　太细容易散乱
　即使思绪烦乱
　怎能不思恋

好久没和你相逢　3082
　如穿珠玉的丝线
　不在惜命有多长

如今恋情更强烈　3083
　穿玉的丝线凌乱
　让人伤心欲绝

渔家女潜水采鲍鱼　3084
　决不忘阿妹的身姿

3085　我已经如此消瘦
　　　如同清晨的影子
　　　只是因为在思恋
　　　恍惚看见的阿妹

3086　何必今生为人
　　　不如是只蚕茧
　　　哪怕只是瞬间

3087　宗我河[1]的岸边
　　　鸧鸟鸣叫不休
　　　我不断思恋你

3088　爱不离身的衣裳
　　　奈良山鸟鸣不断
　　　我无时不在思恋

1. 宗我河：指奈良县高市郡曾我川、桧隈川下游流段。

猎路池中的鸟儿　3089
坐立都思恋你[1]

飞向苇丛的野鸭　3090
传来振翅的声音[2]
徒然思恋不已

野鸭携妻觅食　3091
落后一小会儿
也禁不住思恋

斐太细江的鸳鸯　3092
在思恋阿妹吗
为何难入眠

1. "猎路池中的鸟儿"二句：猎路池，位于奈良县樱井市鹿路。第一句是序，将坐立不安的样子比作猎路池里的鸟儿。
2. 振翅的声音：暗喻人们的传言，当听到有关爱人的传言时，更增添了思念之情。

3093 细竹上鸣叫的鸟儿
　　　看上去如此可爱
　　　虽然是别人的妻子
　　　还是让我思恋

3094 思念难入眠
　　　破晓起身时
　　　鸡鸣也凄凉

3095 清晨的乌鸦
　　　不要早早鸣叫
　　　望你归去的身影
　　　让人无限悲伤

3096 如同越过栅栏
　　　吃麦子的马驹
　　　即使遭受责骂
　　　也无法不思恋

驟雨一過　竹内栖鳳

3097　在桧隈川下马
　　　请让马儿饮水
　　　我要在远处
　　　眺望你的身影

3098　正在为你受责骂
　　　骑着傲慢的雪青马
　　　这样赶来好吗

　　　此一首，平群文屋朝臣益人[1]传云，昔闻，纪皇女窃嫁高安王被喷之时，御作此歌。但，高安王左降，任之伊与国守也。

---

1. 平群文屋朝臣益人：武内宿祢的子孙，其他记载不详。

鹿选紫草地伏卧　3099
虽然居处不同
可是心相同

不思恋却说思恋　3100
鹫栖居的云梯神社[1]
神灵会惩罚吧

---

1. 云梯神社：原文记作"卯名手社"，位于奈良县橿原市云梯，在亩傍山西北。

问答歌

3101 染紫色用椿木灰
　　 在椿市的街口上[1]
　　 遇见的人是谁

3102 母亲呼唤的名字
　　 很想告诉你
　　 正在赶路的人
　　 能知道你是谁吗

　　 此二首。

3103 无奈不能相会
　　 能等来使者吗

3104 虽然想相会千遍
　　 可往来众目睽睽
　　 只能在心中思恋

　　 此二首。

---

1. "染紫色用椿木灰"二句：第一句"椿木灰"是序，导引出下一句的"椿市"。椿市，原文中记作"海石榴市"，前出，见卷十二·2951注释。

众目睽睽难相会　3105
万一我思恋而死
将传出谁的名字

要说盼着相会　3106
我比你更迫切

　　　此二首。

世人众目睽睽　3107
多年没有相会
已经心如死灰

既然世人众目睽睽　3108
请不断出现在梦里

　　　此二首。

3109 倾心思恋阿妹
　　　风言风语太多
　　　眼下停止了来往

3110 如果流言太多
　　　你和我就分手
　　　是这样开始的吗

　　　此二首。

3111 无可奈何单相思
　　　此刻我将死去
　　　在梦中看见了吗

3112 在梦中见到了
　　　取衣出门的时候
　　　你的使者先来到

　　　此二首。

◎ 卷十二·3110，女子埋怨爱人因流言而打算放弃的态度。

总是信誓旦旦　　3113
说日后相会
从来也没相会

我想终究能相会　　3114
可你的传言太多

　　　　此二首。

我在思恋叹息　　3115
听说阿妹为人妻
心中无限悲伤

请不要为我叹息　　3116
没说过不再相会

　　　　此二首。

春夜　小茂田青樹

关门插上闩　　3117
阿妹从何处
进入梦中来

虽然关门又插闩　　3118
从小偷挖的洞中
进到梦里相见

此二首。

明天将在路上思恋　　3119
今夜从初更起
阿妹快解纽宽衣

不能和你同眠　　3120
请从明晚开始
夜夜梦中相见

此二首。

3121　等待你的使者
　　　未戴斗笠出门望
　　　天竟下起了雨

3122　无情的雨水啊
　　　避讳人们的视线
　　　不肯相见的阿妹
　　　只求今天能相会

　　　此二首。

3123　一个人无法入眠
　　　衣袖当作斗笠
　　　归来已淋湿

3124　雨急夜更深
　　　现在不回去了吧
　　　解开衣纽同寝吧

　　　此二首。

下雨的日子里 3125
是谁不戴蓑笠
来到我家门前

卷向的穴师山 3126
　涌起了乌云
虽然下起了雨
淋着雨水而来

羁旅发思

3127　渡会¹的大川²
　　　岸边的楸树
　　　我离开得太久³
　　　阿妹会思恋吗

3128　阿妹到梦里来呀
　　　在大和道⁴的渡口
　　　我敬奉币帛祈祷

3129　以为是樱花散落
　　　是谁在此饯行

1. 渡会：三重县渡会郡。
2. 大川：据推测可能是宫川，发源于大台原山，向东流经多气郡，在二见浦北注入伊势湾。
3. "岸边的楸树"二句："楸树"读作 hisagi，与第三句中的"太久" hisashi 构成类音关联，引导出后面的歌句。
4. 大和道：通往大和的道路。

丰国企救[1]的岸边　　3130
　松树盘根错节
　与阿妹的交谈
　是如何开始的

此四首，《柿本朝臣人麻吕歌集》出。

到下个月见不到你吧　　3131
没过一日便如此思恋

请别走能回来吗　　3132
回头相望不回返
踏上漫长的旅途

---

1. 丰国企救：丰国，日本旧国名，分为丰前和丰后（今福冈县和大分县）。企救，在丰前国企救郡境内，即今小仓市。

3133 旅途上想起阿妹
　　 深深叹息不已
　　 会让人看出来吗

3134 离家乡并不遥远
　　 想想正在旅途上
　　 还是让人思恋

3135 离得近的时候
　　 听到流言也宽慰
　　 从今夜开始
　　 越来越思恋

3136 旅途上思恋太苦
　　 何时能到都城
　　 想亲眼见到你

月夜　川合玉堂

3137　在遥远的地方
　　　看不到你的身影
　　　可是阿妹的笑容
　　　一直出现在眼前

3138　年内不回来吗
　　　等待中的阿妹
　　　会消瘦如影子
　　　面容浮现在眼前

3139　上路离别时起
　　　无时不在思恋

3140　可叹竟如此思恋
　　　是你留下的恋情

旅途令人悲愁　3141
和阿妹相逢
日后会如何思恋

　远离故乡难相见　3142
　请到梦里看我
　直到重逢的那天

若知道如此思恋　3143
应该和阿妹搭话
　如今追悔不已

　　旅途夜更长　3144
　没有解开衣纽
　此时正在思恋

3145 是阿妹在思恋我吧
　　　旅途中和衣而眠
　　　衣纽却自然解开

3146 枕草而眠的旅途
　　　衣纽自然松开
　　　正让阿妹惦念吧
　　　想起多年的恋情

3147 旅途中衣纽松开
　　　家中等我的阿妹
　　　好像正在叹息

3148 和阿妹交臂而眠
　　　还没到一个月
　　　便将阿妹留下
　　　去翻越这座山峰

虽然前途未卜 3149
随心中仰慕的你
翻越山路而来

在漫长的春日里 3150
沿着陌生的山路
正思恋着离开吧

只是远远看见过你 3151
明天翻越手向山[1]吗

安倍岛山[2]的夜露中 3152
能够寂寞旅宿吗
这个漫长的夜晚

1. 手向山：在这里并非固有名词，很可能是旅行交通要冲之地的山，旅行者在此祭奉道祖神，求神保佑旅途安全。日本各地都有类似的山。手向，即向神佛供奉币帛、花、香等物的行为，有时也指供物。
2. 安倍岛山：所在不详，有研究者认为卷三·359中的安倍岛是同一地方。

3153 翻降雪的越大山[1]
　　　何时能看见故乡

3154 我的马驹快跑啊
　　　真土山等待的阿妹
　　　快快去相会

3155 芦城山[2]上的树梢
　　　明天起请弯下腰
　　　想看阿妹在的地方

3156 铃鹿川[3]的无数河滩
　　　为了谁连夜渡过
　　　没有阿妹在等待

1. 越大山：关于其所在诸说不一，或说是越前的爱发山（今福井县敦贺市），或说是加贺的白山。
2. 芦城山：原文记作"恶木山"，位于今福冈县筑紫郡筑紫野町的阿志岐山，附近有芦城驿站和芦木川，距大宰府很近。
3. 铃鹿川：流经龟山市、铃鹿市，注入伊势湾。

雪之路　高畠华宵

3157　要和阿妹相逢
　　　在近江的安川[1]
　　　让人无法安眠
　　　心中思恋不已

3158　旅途中左思右想
　　　如同白色的浪花
　　　不知是留在海面
　　　还是该涌向岸边[2]

3159　思恋如港湾涨潮
　　　让人无法忘记

3160　海面的浪涌到岸边
　　　现在离开左太海湾
　　　此后会思恋吗

1. 安川：又称野洲川，位于今滋贺县野洲郡。
2. "不知是留在海面"二句：以涌动的浪形容男子不知该靠近女子还是该离去的心境。

在千海滩赏心悦目　　3161
家中阿妹正忧郁吧

像航标一样　　3162
在尽心思恋吗[1]
即使在此处
也能在梦里相见

没有触摸过阿妹　　3163
在荒凉的礁矶旁
我的衣袖被打湿

室浦[2]湍急的海岬　　3164
海浪越过鸣岛[3]的礁矶
被飞溅的浪花打湿

1."像航标一样"二句：第一句是枕词，"航标"的后三个音节 miwotsukushi 与第二句的"尽心"kokorotsukushi 的后三个音节为同音，引导出后面的歌句。
2. 室浦：今兵库县楫保郡室津浦金崎。
3. 鸣岛：室浦的君岛。

3165　飞幡海湾¹的重重波浪
　　　能不断与你相会吗

3166　只能远远看阿妹吗
　　　又不是越海²附近
　　　子难海³的海岛

3167　海浪白云间的粟岛
　　　让人无法接近
　　　为我起流言的阿妹

3168　真若海湾⁴的沙土
　　　无时无刻不思恋

1. 飞幡海湾：位于今福冈县户畑市。
2. 越海：从越前到越后，即越国的海域。
3. 子难海：所在不详。可能是卷十六·3870中的粉泻海，具体位置也不明。住吉有粉浜，但不知是否有关联。
4. 真若海湾：所在不详。也有观点认为"真若"的"真"是接头语，若海湾见卷六于山部赤人所作的卷六·919，即今和歌山市南部的和歌浦。

请借能登垂钓的渔夫　　3169
　闪烁的渔火来吧
　顺便等月亮出来

志贺的渔夫垂钓　　3170
　燃烧的渔火间
能隐约看见阿妹吗

难波海滩驶出的船　　3171
　虽然远远别离
　令人无法忘记

熊野船[1]在海湾行驶　　3172
　让人怦然心动
　无日无月不思恋

---

1. 熊野船：指在熊野制造的船，有松浦船或伊豆手船，具有特殊的构造，性能优良，一般在远海行驶。

3173　堀江¹喧嚣的激流
　　　松浦舟桨声不断
　　　如同心中的思恋

3174　打鱼人的桨声悠扬
　　　阿妹慢慢驶入我心

3175　若海湾²打湿衣袖
　　　拾忘情贝的阿妹
　　　让人无法忘记

3176　枕草而眠的旅途
　　　心如凌乱的菰草
　　　无日不思恋阿妹

1. 堀江：即难波堀江，今名满川。此为运河，《日本书纪·仁德纪》十一年的一条记载，在高津宫北的原野挖掘水道，将宫城东边的难波江的水引入西海（今大阪湾），目的是防御雨季的洪水。
2. 若海湾：和歌山市玉津岛神社附近。

志贺的渔夫 3177
在礁矶上晾晒
采割的马尾藻[1]
已经告诉了名字
为何不来相会

远离家乡别忧伤 3178
随风而去的白云
会传来音信

思恋家中的阿妹 3179
秋津[2]原野的白云
没有停止的时候

悲别歌

你轻轻松松去旅行 3180
我朝朝深深思恋
不知如何才能相逢

1. "志贺的渔夫"三句：前三句是序，"马尾藻"（又名名告藻）引导出后句。
2. 秋津：指吉野的秋津还是纪伊国（和歌山县田边市）的秋津不明。

3181　今日你我结纽带
　　　为了重逢的那天

3182　挥袖依依惜别
　　　心烦意乱让你出行

3183　你已去了京城
　　　谁解开了衣纽
　　　我结得手发酸

3184　送你出门旅行
　　　众目睽睽难挥袖
　　　让人追悔不已

照镜子看不够 3185
被你留在家中
让人痛不欲生

在陌生的山路上攀登 3186
何时能等你归来

群山如青垣相隔 3187
不能常捎信给你吗

你翻越朝雾笼罩的山 3188
我思恋到重逢的那天

3189　重重山峰遮隐
　　　也无法忘记阿妹
　　　直到再相会

3190　你越过云间的山海
　　　我将深深思恋
　　　即使日后还能共寝

3191　虽然不想再思恋
　　　可心中还是惦念
　　　翻越木棉间山的你

3192　远望荒蔺崎的笠岛
　　　你正在翻越山路吗

雨后穗高山　吉田博

3193　岛熊山的暮色里
　　　你一人翻越山路吗

3194　你如同我的生命
　　　鸡鸣东方的山路
　　　今天正在翻越吗

3195　直接翻越磐城山
　　　矶崎许奴美海滨
　　　我在伫立等待

3196　留在春日野的茅草原
　　　我无时不在思恋

朝向住吉的淡路岛　3197
无日不为你长叹

明天你将出行　3198
如流逝的印南川
留下我苦思恋吗

海面令人恐惧　3199
沿岸边礁矶航行
哪怕多走几月

饲饭海湾涌起的波浪　3200
不断思恋阿妹的身影

3201　来到吹饭海滨[1]
　　　祈祷保住性命
　　　只是为了阿妹

3202　听说在熟田津乘船
　　　为什么看不见你来

3203　鱼鹰栖息的沙洲
　　　船儿启航将思恋
　　　即使能相逢共寝

3204　请平安无恙去吧
　　　心如菅草般烦乱
　　　在思恋中等待

1. 吹饭海滨：大阪府泉南郡岬町深日海滨。

留下后苦苦思恋　3205
不如田子浦的渔夫
　能去割些海藻

去筑紫的路上　3206
在礁矶割海藻吗
　久等你不归来

你像天上的月亮　3207
　长年也看不够
明天将要离别吗

思恋久别的你　3208
　清朗的月夜
　也将如同暗夜

3209　望春日的三笠山
　　　缭绕着白云
　　　让人思恋你

夜樱　横山大观

斜坡上飞去的野鸡　　3210

你留下我该怎么活

问答歌

3211　能有平常的心情吗
　　　你插满楫桨的船
　　　为什么要把我留下

3212　划起众多楫桨
　　　船在海岛间隐没
　　　能看见留下的阿妹
　　　挥动着衣袖吗

　　　此二首。

3213　十月的阵雨
　　　把你淋湿了吗
　　　你是正在赶路
　　　还是已经投宿

3214　十月的阵雨
　　　一直下个不停
　　　哪里有乡村投宿

　　　此二首。

挥袖离别凄苦　3215
荒津海滨[1]旅宿

送你到荒津　3216
心中依依不舍

此二首。

我在荒津海岸　3217
敬献币帛祭祀
请你快快回来
不要改变模样

---

1. 荒津海滨：今福冈市西公园海滨。

清水神社　三木翠山

朝朝望筑紫的方向　　3218
　我只能失声哭泣

　　　　　此二首。

丰国企救的长浜　　3219
　黄昏向晚的时候
　　心中思恋阿妹

丰国企救的高浜　　3220
　一定要等你来
　已经夜阑更深

　　　　　此二首。

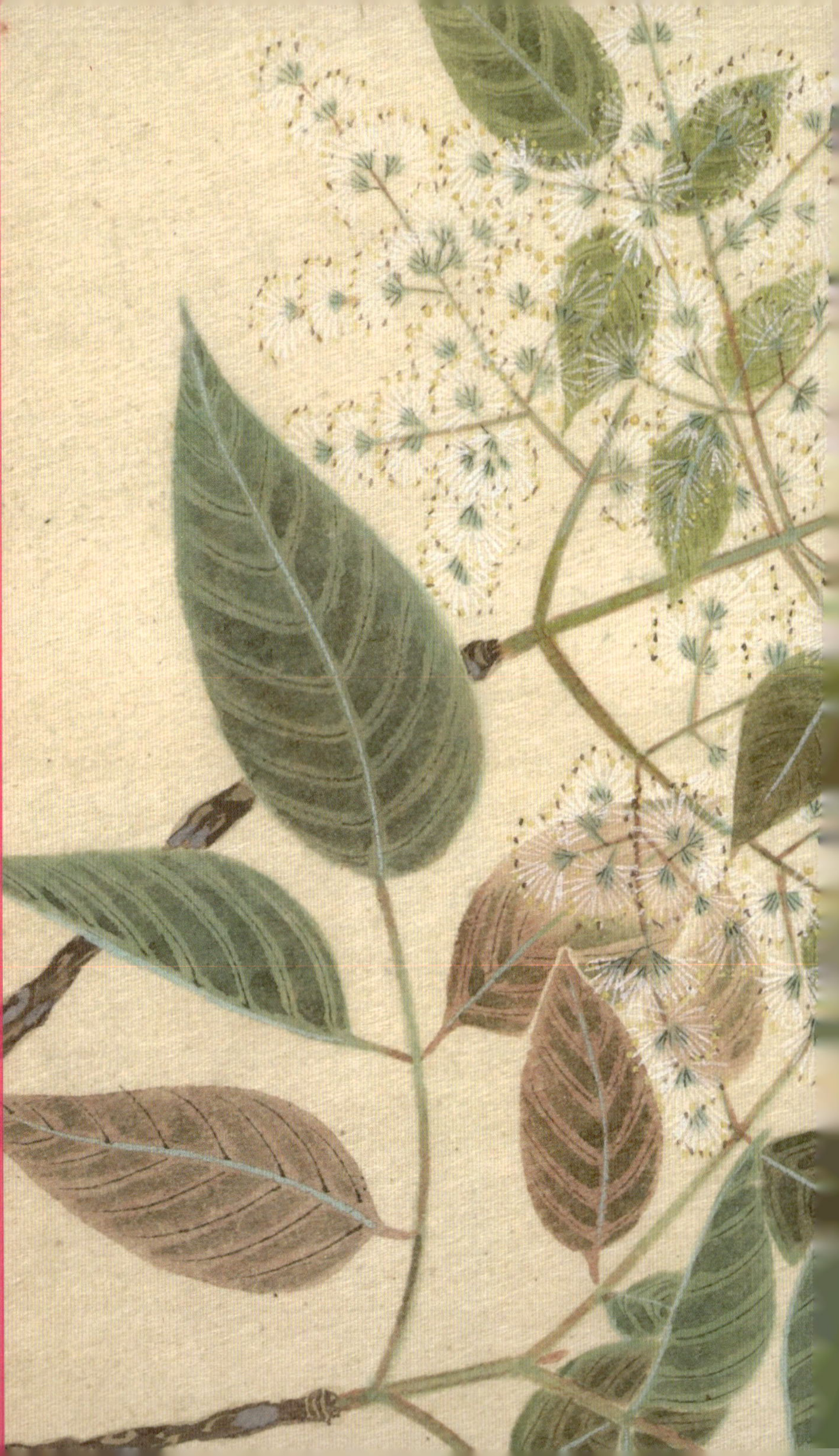

卷十三

鶴　神坂雪佳

杂 歌

3221　冬去春来到
　　　清晨落白露
　　　傍晚映夕雾
　　　风吹树梢下
　　　黄莺在鸣叫

　　　此一首。

3222　人们守护三诸山
　　　山下马醉木花开
　　　山上山茶花怒放
　　　美丽动人的山
　　　如守护哭泣的孩子
　　　守护着这座山

　　　此一首。

天空电闪雷鸣　　3223
降下了九月的阵雨
大雁还没来鸣叫
神奈备清净的御田屋[1]
墙垣内的田池堤上
榉树枝色彩鲜艳
手捧秋天的红叶
臂弯小铃作响
虽然是柔弱的女子
却敢攀引树梢
手持折来的树枝
插到你的头上

反歌

一人独自观赏　　3224
令人心生恋情
神奈备山的红叶
我为你折回来

此二首。

---

1. 御田屋：收获稻谷时节的前后，在稻田旁搭建的临时小屋。御，为美称。

3225 倒映着天上的云彩
泊濑川没有河湾
船儿不会来吧
如果没有礁矶
渔夫不垂钓吧
不管有没有河湾
不管有没有礁矶
正破浪竞相驶来
渔夫们的钓鱼船

3226 泊濑川波浪翻滚
没有停靠的礁矶
让人感到孤寂

在苇原的瑞穗国　**3227**
　奉献币帛祭祀
天降千百万神灵
自神代传承而来
神奈备的三诸山
　春来霞光映照
　秋来红叶鲜艳
神奈备众神的衣带
是明日香湍急的河流
　难以附着的石枕
　直到长满青苔
为了夜夜平安相会
　请在梦中启示
神官们祭祀的神灵

反歌

3228　神奈备的三诸山
　　　虔诚祭祀神杉
　　　怎么能够忘记
　　　直到长满青苔

3229　插斋串[1]奉献神酒
　　　神官们的发饰
　　　看上去高贵动人

　　　此三首，但，或书此短歌一首无有载之也。

---

1. 斋串：用木或竹子削成木简状，长约 20—30 厘米，宽约 1.5—2.5 厘米，用来悬挂布或木棉供奉神灵，或用作咒术的道具。

少林寺　冈田米山人

3230 奈良出发到穗积[1]
经过张鸟网的坂手[2]
来到神奈备山
去朝宫准备侍奉
眼看将进入吉野
让人想起往昔

1. 穗积：奈良县天理市新泉一带，另有一说是奈良市东九条町。
2. 经过张鸟网的坂手："张鸟网"是"坂"的枕词。早晨在坡路上张网，捕获从沼泽地飞起的鸟，是日本古时的一种猎法。因此，"张鸟网"便与"坂"有了意义关联。坂手，是固有地名，即今奈良县矶城郡田原本町大字坂手。

日月都在改变　　3231
三诸山的离宫
经久屹立不动

此二首，但，或本歌曰，故王都迹津宫地¹也。

1.故王都迹津宫地：是万叶假名，在"或本"中卷十三·3231的第二句被记为"旧都的离宫"。

牛堀之夜　川瀬巴水

执斧去丹生[1]的桧山 3232
伐木做排筏
插上楫桨航行
绕过礁矶险滩
看不够的景色
吉野的激流
飞溅白色浪花

反歌

吉野的激流 3233
飞溅白色浪花
想让家里的阿妹
观赏白色浪花

---

1. 丹生：这个地名在日本各地都有，岩波书店《日本古典文学大系》认为此指吉野川上游之地。

3234　御统天下的大君
　　　如太阳高照的皇子
　　　在进贡御食的国度
　　　登高观赏伊势国
　　　望山如此高贵
　　　望川如此清澈
　　　汇入辽阔的大海
　　　海岛也闻名
　　　想逐个赞美吗
　　　说出口不胜惶恐
　　　山下的五十师原野[1]
　　　建造辉煌的大宫殿
　　　朝阳般光芒四射
　　　夕阳般美丽动人
　　　如春山生气盎然
　　　如秋山色彩鲜艳
　　　大宫人与天地日月
　　　千秋万代不变

---

1. 五十师原野：无定论，但有研究者认为可能是三重县铃鹿市一志郡的原野。

反歌

山边五十师的御井　　3235
宛如织锦铺成的山

　　　　　　此二首。

3236 翻越大和国的奈良山

经过山城管木的原野[1]

渡过激流宇治川

冈屋阿后尼的原野[2]

千年不断往来

万代永续通行

在山科的石田神社[3]

奉献币帛祭祀神灵

我去翻越逢坂山[4]

1. 山城管木的原野：山城国（今京都府）缀喜郡的原野。
2. 冈屋阿后尼的原野：冈屋和阿后尼原野的所在不明。
3. 山科的石田神社：位于京都市伏见区石田町一带。
4. 逢坂山：又称相坂山，位于滋贺县大津市区的西南，是大津与京都府的交界比良山地中的小型山，海拔325米。曾设有逢坂关，是旧东海道上的要冲之地。

或本歌曰

翻越奈良山　　3237
渡过宇治川
在逢坂山上
奉献币帛祭祀
近江湖面的波浪
不断涌向岸边
我独自前来
想和阿妹相会

反歌

越过逢坂山眺望　　3238
近江湖面涌起波浪
如同白色的木棉

此三首。

3239　近江海有无数港湾

　　　还有无数海岛

　　　海岛上橘花盛开

　　　上枝有沾鸟的胶汁

　　　中枝落着斑鸠

　　　下枝落着小雌斑鸠

　　　不知你的母亲被抓走

　　　不知你的父亲被抓走

　　　正在嬉戏玩耍

　　　斑鸠和小雌斑鸠

◎ 这是一首充满讽喻意味的童谣，作歌背景不明，有研究者认为此歌与近江朝廷有关。壬申之乱发生前，天武天皇到吉野后，留在大津宫的天武诸皇子身处危难中，似乎与歌中内容有关。

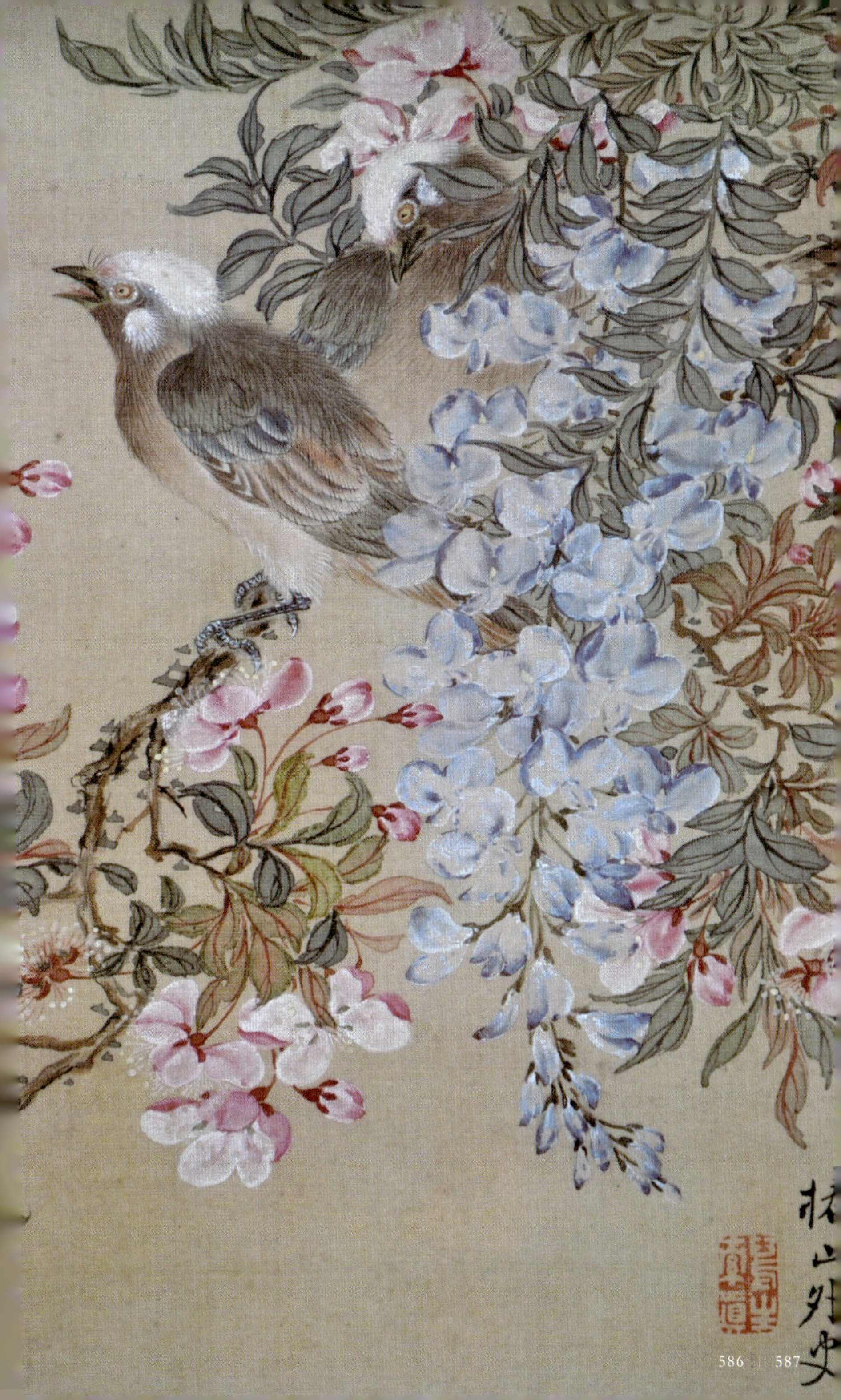

3240　听从大君的旨意
　　　翻看不够的奈良山
　　　在堆积杉木的泉川
　　　撑篙渡湍急的河滩
　　　驶过宇治的激流
　　　眼望飞溅的浪花
　　　在近江道的逢坂山
　　　奉献币帛祭祀
　　　我翻山越岭来到
　　　乐浪志贺的唐崎
　　　有幸将回来观赏
　　　无数崎岖的山路
　　　叹息不已朝前行
　　　离家乡越来越远
　　　不断翻越高山
　　　在伊香山¹拔剑出鞘
　　　不知如何是好
　　　我将去向何方

1. 伊香山：位于滋贺县伊香郡西浅井町盐津东部至同郡木之本町大音一带的山地。

反歌

向天地神灵祈祷　　3241
如果能有幸回转
来观赏志贺的唐崎

此二首，但，此短歌者或书云，穗积朝臣老[1]配于佐渡之时作歌者也。

---

1. 穗积朝臣老：前出，见卷三·288 注释。卷三·288 的作歌场所与歌境都与此歌接近，左注的记载比较可信。

3242 美浓国高北的泳宫[1]
　　　说是向阳的大宫殿
　　　我走在山路上
　　　奥十山啊美浓的山
　　　变低人会来践踏
　　　靠近人会来撞击
　　　这座无心的山啊
　　　奥十山啊美浓的山

　　　此一首。

1. 高北的泳宫：高北，所在不明。泳宫，见于《日本书纪·景行纪》四年的一条记载中，景行天皇行幸美浓，遇见当地的美女弟媛，并和弟媛在泳宫相会。

少女盛麻的箱中　　3243
纺出长长的麻线
　在长门的海湾
　清晨涨满潮水
　黄昏涌来波浪
　渐渐涨满的潮水
　频频涌来的波浪
　我不断思恋阿妹
在阿胡海的礁矶上
　采海藻的渔家女
　肩上的领巾耀眼
　手上的珠玉鸣响
能看见挥动的衣袖
　好像正在思念

　　　反歌

　阿胡海的礁矶　　3244
　细浪如我的思恋
　没有停止的时候

　　　此二首。

3245　希望有长长的天梯
　　　希望有高高的大山
　　　去月亮上取来
　　　返老还童的神水
　　　想让你重获青春

反歌

3246　我视你如天上的日月
　　　日益衰老让人惋惜

　　　此二首。

3247　沼名川河底的珍珠
　　　去探求的珍珠啊
　　　去采拾的珍珠啊
　　　如此珍贵的你
　　　衰老让人惋惜

　　　此一首。

屋后花　神坂雪佳

相聞

3248　大和国人口众多
　　　思绪如藤蔓缠绕
　　　想见到思恋的你
　　　思恋有尽头吗
　　　这漫长的夜啊

　　　反歌

3249　想起大和国中
　　　有两个心爱的人
　　　为何要哀叹

　　　此二首。

蜻蛉岛大和国　3250
是顺从神的意志
不随意言表的国度
可是我要说出来
天地的神灵们
不知道我的心吗
月亮空自移过
太阳日日升落
胸中为思念烦恼
心为恋情伤痛
今后见不到你
思恋到生命尽头
只有亲眼相见
我才会不思念吧

反歌

为了思恋你　3251
心碎也无悔

离开都城旅行　3252
何时能等你归来

柿本朝臣人麻吕歌集曰

3253 苇原瑞穗国
是顺从神的意志
不随意言表的国度
可是我畅所欲言
祝福能带来好运
如果健康无恙
像涌向礁矶的波浪
一直来相会
如百重千重的波浪
我要畅所欲言
我要畅所欲言

反歌

3254 矶城岛大和国
是言灵保佑的国度
希望平安无事

此五首。

3255
自古有言道
思恋太凄苦
虽然此言相传
不知阿妹的心思
也无从知晓
倾注性命思恋
心中萎靡不振
没有让人知道
空自在思恋
把爱视作生命

反歌

3256 虽然那人从不思恋
      我片刻也无法忘记

3257 不能直接前来
      从巨势道开始
      踏着河中的石头
      我历尽辛苦赶来
      无法忍受思恋

或本,以此歌一首,为之"纪伊国之滨而缘云,鳆珠,拾而登谓而,往之君,何时到来"歌之反歌也。具见下也。但,依古本亦累载兹。[1]

此三首。

---

[1] 左注的意思为,"或本"中,卷十三·3257 是作为反歌出现的。引号中的部分是卷十三·3318 的开头部分。因此《万叶集》的编纂者根据古本的配列将这首歌重载于此。"或本"是何书不明。

岁月来又去　　3258
可是使者不来
如漫长的春日
　笼罩的云雾
思恋弥漫天地
如母亲饲养的蚕
　包裹在丝茧里
为我的思恋叹息
　无法向人倾诉
　只能远远等待
　到了日暮时分
　泪水沾湿衣袖

反歌

竟然毫不思恋　　3259
如天边的云彩
远离你该多好

　　　此二首。

3260　小治田年鱼道¹的水
　　　听说人们不断汲取
　　　人们无时不畅饮
　　　汲水的人不停
　　　畅饮的人不断
　　　我思恋阿妹
　　　没有停歇的时候

1. 小治田年鱼道：小治田，位于奈良县高市郡飞鸟附近。年鱼道，即通往多武峰北部的道路。

反歌

如今无法排遣思恋　3261
　　一年没和你相会

今案，此反歌谓之"于君不相"者于理不合也，宜言于妹不相也。[1]

或本反歌曰

我长久思恋不已　3262
　　朝夕衣带渐宽[2]

　　　　此三首。

---

1. 左注言，"于君不相"（没和你相会）中的"君"指男子，不合情理，因为作歌者是男子，应该是"于妹不相"，没和阿妹相会。
2. 朝夕衣带渐宽：出于唐代张鷟《游仙窟》中句："日日衣宽，朝朝带缓。"

上井出　高橋松亭

在泊濑川的上游 3263

打下庄严的木桩

下游打华丽的木桩

庄严的木桩挂镜子

华丽的木桩挂珍珠

思念的阿妹如珍珠

思念的阿妹如镜子

如果还能健在

回故乡和家园

还能为谁归去

捡《古事记》曰,件歌者,木梨之轻太子自死之时所作者也。[1]

1. 左注说本歌见于《古事记(下)·允恭天皇》的一条记载中,结尾部分稍有不同。参见《日本古代歌谣集》中的《古事记》歌谣·89。

反歌

3264 人们可以等待一年
　　 我从何时开始思恋

或书反歌曰

3265 厌世出家的我
　　 能重返尘世吗

　　 此三首。

春天鲜花盛开　　3266
　秋天红叶鲜艳
　神奈备山的纽带
明日香川湍急的河滩
　如水藻般令人倾心
　如朝露般容易消失
　　消失就消失吧
　　经过如此思恋
才暗中和阿妹相会

反歌

明日香川处处河滩　　3267
　顺流摇曳的水藻
　　我为阿妹倾心

　　　此二首。

3268 三诸的神奈备山
　　　飘来乌云降下雨
　　　风雨交加起雾霭
　　　经过真神原野[1]
　　　思恋着归去的人
　　　已经到家了吗

　　　　　　反歌

3269 思恋归去的人
　　　那夜我也未眠

　　　此二首。

1. 真神原野：位于奈良县高市郡明日香村雷岳南边。

神岳不二山　横山大観

3270　想烧毁小破屋
　　　想扔掉烂草席
　　　该打断的脏手
　　　正相拥而眠吧
　　　为了你白天烦躁
　　　为了你夜里不安
　　　这张床也吱嘎叹息

　　　反歌

3271　我在焚烧自己的心
　　　我从心底思恋你

　　　此二首。

思念已久的小野　3272
被近邻结下标识
从听说那天开始
　坐立无所适从
　在熟悉的家中
　　如同在旅途
　只有空自苦恋
　只有空自叹息
　思绪烦乱不定
　　心如一团乱麻
我思恋的千分之一
　　也不为人所知
　徒然思恋焦虑吗
　搭上自己的性命

　　　　　反歌

　　无双的思恋　3273
　　　平常的衣带
　　已经结为三重
　　　我如此消瘦

　　此二首。

3274　不知如何是好
　　　险峻的石路上
　　　石块围成的门
　　　清晨出门叹息
　　　傍晚归来思念
　　　卷起我的衣袖[1]
　　　一人孤独入眠
　　　黑发铺散开来
　　　没有人来同寝
　　　心如大船摇晃
　　　辗转反侧的夜晚
　　　能够数过来吗

　　　反歌

3275　想计算独眠的夜
　　　心中强烈的恋情
　　　让人难以平静

　　　此二首。

---

1. 卷起我的衣袖：古代日本人相信，将袖子挽起来，梦中能见到心上人。

江之島　川瀬巴水

3276 在山田[1]的路上
波浪般的云朵
和爱妻默默离别
不知该去往何处
也不能再返回
像马儿一样踟蹰
不知如何是好
心中的无限烦恼
能充满天地
如果心心相印
也许你会来吧
我深深叹息不已
路人停下脚步
询问出了何事
不知该如何回答
说出你的名字
会让别人察知
说是等月亮出山
其实我在等你

1.山田：日本各地都有山田的地名，此处可能是指奈良县矶城郡安倍村的山田（今樱井市）。

反歌

思恋你难入眠　　3277
　今夜在何处
　正与谁同寝
　等也等不来

　　　此二首。

3278 红马驹站在马厩
黑马驹站在马厩
骑上饲养的马驹
我思恋的阿妹
乘着我的心奔跑
在高高的山口
藏身等待猎物
我铺好床等待你
狗儿不要乱叫

反歌

3279 拨开苇墙上端
你翻墙来相会
不要让人知道
要记住这句话

此二首。

等不来心上人　　3280
抬头仰望天空
已经夜阑更深
在深夜的山风中
我伫立等待
衣袖上落满雪花
已经结冻成冰
现在你会来吗
想你以后或许会来
在心中安慰自己
用双袖拍拂床铺
现实中见不到你
想在梦里相见
在这美丽的夜晚

或本歌曰

3281　等不来心上人
　　　听雁声阵阵寒
　　　已经夜阑更深
　　　在深夜的山风中
　　　我伫立等待
　　　衣袖上结满冰霜
　　　雪落冻成冰
　　　现在你会来吗
　　　期望日后能相会
　　　像期待大船归来
　　　现实中见不到你
　　　想在梦里相会
　　　在这美丽的夜晚

◎ 此歌是卷十三·3280 的异传歌，洼田空穗《万叶集评释》认为此歌劣于卷十三·3280，没有前者的那种纯净质朴感。

反歌

山风吹动衣袖　3282
寒夜你若不来
我一人独眠吗

如今更加思恋　3283
能和你相会吗
　想夜夜不落
　在梦中相会

　　此四首。

3284　我倾心思恋阿妹
　　　不要为恶语中伤
　　　挖土安置斋瓮
　　　挂起串串竹珠
　　　向天地神灵祈祷
　　　不知该如何是好

今案，不可言之"因妹者"。应谓之"缘君也"。何则，反歌云"公之随意"焉。[1]

---

1. 左注释，不可言"倾心思恋阿妹"，应该说"倾心思恋君"。因为反歌中唱到"昕从你的意愿"，这个"你"指男子。

反歌

也不告知母亲　　3285
把秘密藏在心里
听从你的意愿

或本歌曰

无时不在挂念　　3286
为了思恋的你
我手持倭纹币帛
挂起串串竹珠
向天地神灵祈祷
不知该如何是好

朝日富士　和田英作

反歌

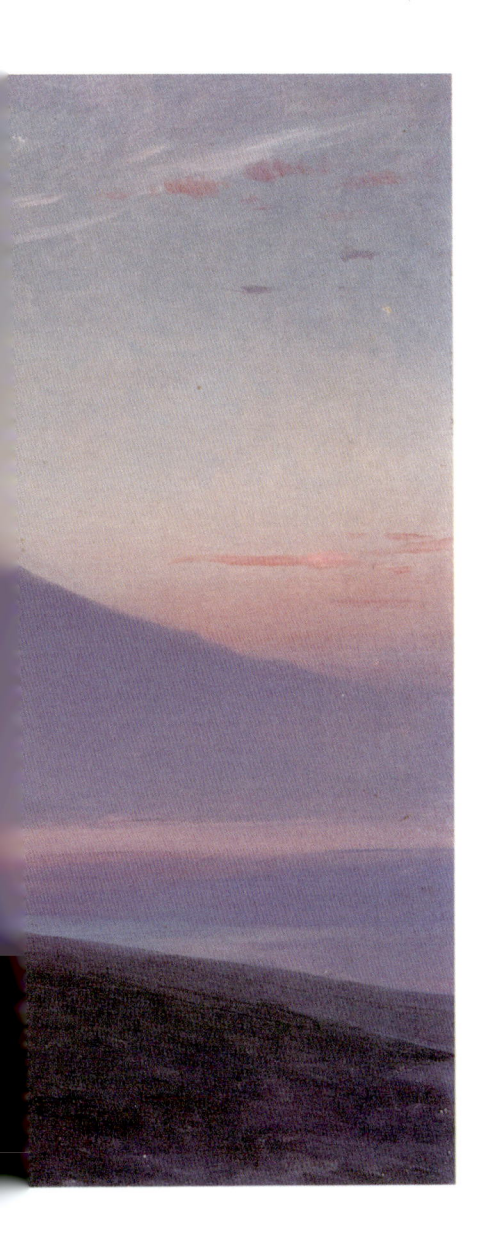

向天地神灵祈祷 3287
和我思恋的人
一定会相逢吧

或本歌曰

如同期盼大船 3288
我长久思恋你
希望没有恶语中伤
肩披木棉带
挖土安置斋瓮
向天地神灵祈祷
不知该如何是好

此五首。

3289　剑池[1]莲叶的水珠
　　　不知流向何处
　　　你传信要相会
　　　虽然母亲叮嘱
　　　不能和人同寝
　　　如清隅池[2]的池底
　　　我决不会忘记
　　　直到相会的时刻

　　　反歌

3290　远古的神代起
　　　便有男女相会
　　　如今我的心中
　　　一直无法忘记

　　　此二首。

1. 剑池：奈良县橿原市石川的人造池。
2. 清隅池：所在不明。可能是奈良市高樋町或大和郡山市旧东大寺领地清澄庄。

吉野青翠的山上　3291
挺立着杉树
如坚固的菅草根
我倾心思恋的人[1]
遵从大君的派遣
去治理遥远的国度
清晨起程出发
如群鸟展翼飞去
将我留下思恋
旅途中的你
也会思恋我吧
不知该说什么
也不知该做什么
出发前的惜别
让人难以割舍

反歌

希望长命百岁　3292
留在家中的我
虔诚祈祷等待

此二首。

---

1. "吉野青翠的山上"四句：前三句是序。"菅草根"yamasuganone 的最后一个音节 ne 与"倾心"nemokoro 的第一个音节相同，引导出第四句"我倾心思恋的人"。

3293 吉野的御金岳[1]
　　　雨水连绵不断
　　　不时飘落雪花
　　　连绵不断的雨水
　　　不时飘落的雪花
　　　我在思恋阿妹

　　　反歌

3294 飘雪的吉野山
　　　笼罩着乌云
　　　远远望着阿妹
　　　心中思恋不已

　　　此二首。

1. 御金岳：即金峰山。

市倉／高橋松亭

3295　穿过三宅¹的原野

　　　双脚踏着泥土

　　　夏草正齐腰

　　　为了谁家的阿妹

　　　正在穿行的人啊

　　　当然母亲不知道

　　　父亲也不知道

　　　黑发用木棉扎起

　　　垂挂着金莲

　　　大和的黄杨木梳

　　　插在头发间

　　　可爱的姑娘啊

　　　那就是我的阿妹

反歌

3296　没有告诉父母

　　　三宅道上的行人

　　　正被夏草羁绊

　　　此二首。

1. 三宅：《和名抄》中有十九处三宅的地名记载，这里的三宅很可能是奈良县矶城郡三宅村。

◎ 卷十三·3295 是问答体，前五句是父母的问话，后面是儿子的回答。

我无时不在思恋　3297
无法和阿妹相会
　白天黑夜难眠
　如此思恋阿妹
　　让人没法活

　　　　　　反歌

死去就死去吧　3298
　我的阿妹啊
活着也不能相会
只有无尽的思念

　　　此二首。

3299　阿妹站在对岸
　　　我站在这里
　　　让人思恋不已
　　　让人叹息不已
　　　想有条红色的小船
　　　想有把珍珠的小桨
　　　不断划船去相会
　　　向阿妹倾诉衷肠

　　　此一首。

花的去向　高畠华宵

3300 从难波的海岬
　　 拉起红色的船
　　 从红色的船上
　　 拉起船的纲绳
　　 扯也扯不断
　　 说也说不清
　　 扯不断说不清
　　 我有了风言风语

3301 伊势的海面上
　　 清晨漂来深海水松
　　 傍晚漂来多股水松
　　 深海水松深深思恋
　　 多股水松往往返返
　　 不想称我为妻子吗
　　 正在思恋的你

　　 此一首。

纪伊国的室江[1]附近　3302
千年平安无事
希望万代如此
像期盼大船归来
出门寄托思恋
在清澈的海岸边
清晨漂来深海水松
傍晚漂来海索面藻
如深海水松思恋阿妹
如海索面藻容易扯断
乡亲们聚集的地方
孩子般哭泣寻找
拉满梓弓搭双箭
欲射又悔恨
让人心生爱怜

此一首。

---

1. 室江：位于和歌山县西牟娄郡田边附近。

3303　乡里人告诉我
　　　你思恋的夫君
　　　神奈备山下乘黑马
　　　渡过了七道河滩
　　　正垂头丧气而去
　　　遇见的人如此转告

　　　反歌

3304　没有听说该多好
　　　为什么有人来
　　　转告你的行踪

　　　此二首。

柳ノ花　神坂雪佳

问答

3305　漫无目的行走
　　　　无意间仰望青山
　　　　杜鹃花般芬芳的少女
　　　　樱花般娇艳的少女
　　　　人们说我对你好
　　　　人们说你对我好
　　　　荒山遇到流言
　　　　也会动摇不已
　　　　你的心决不能动摇

　　　　反歌

3306　如何能停止苦恋
　　　　向天地神灵祈祷
　　　　可是我更加思恋

水仙　歌川豊広

當世諸流生花圖

豊廣画

3307 就这样过了八年
　　　过了剪掉垂髫的年龄
　　　过了橘枝红了的时节
　　　像这条长长的暗流
　　　等你来倾诉衷肠

　　　反歌

3308 向天地神灵祈祷
　　　可是我的思恋
　　　一点儿也没减少

柿本朝臣人麻吕之集歌

漫无目的行走　　3309
无意间仰望青山
杜鹃花般芬芳的少女
樱花般娇艳的少女
人们说我对你好
人们说你对我好
不知你作何感想
我已经思恋八年
过了剪掉垂髫的年龄
过了橘枝红了的时节
像这条长长的暗流
等待你来倾诉衷肠

此五首。

3310　我来泊濑国求亲
　　　阴天下起雪
　　　阴天降下雨
　　　野鸡在鸣叫
　　　雄鸡也报晓
　　　长夜已经过去
　　　快进去同寝
　　　请打开这扇门

反歌

3311　阿妹在泊濑
　　　虽然脚踏顽石
　　　我也要赶来

前往泊濑小国　　3312
来求婚的天皇
里床睡着母亲
外床睡着父亲
起身母亲会知道
出门父亲会察觉
无奈已经破晓
只能如此思恋
悄悄认作阿妹吗

反歌

踏河滩的砾石渡河　　3313
骑黑马而来的夜晚
希望和往常一样

此四首。

3314 崎岖的山城道
　　　别人骑马走
　　　却见你在步行
　　　让人失声哭泣
　　　想来伤心不已
　　　我有母亲的礼物
　　　明镜和蜻蛉领巾
　　　都拿走去买马
　　　我的心上人

　　　反歌

3315 泉川的渡口太深
　　　心上人去旅行
　　　衣服被打湿了吗

或本歌曰

虽然持有明镜　　3316
可是对我没用
见你辛苦步行

　即使买了马　　3317
阿妹还在步行
踩顽石就踩吧
我愿二人同行

　　　此四首。

3318 说去纪伊国的海滨
　　　采拾鲍壳的珍珠
　　　翻越妹山和背山
　　　你何时才能归来
　　　黄昏我在路上占卜
　　　卜卦告诉我
　　　我的阿妹啊
　　　你等的人去采拾
　　　海中浪送的白珍珠
　　　岸边浪送的白珍珠
　　　寻找的人回不来
　　　拾取的人回不来
　　　最迟要等七天
　　　最快也要两天
　　　这是你心上人的话
　　　请不必如此思恋
　　　我的阿妹啊

　　　反歌

3319 不管拄不拄杖
　　　我都将前往迎接
　　　可是我不知道
　　　你归来的路途

不能直接前往　3320
从巨势道开始
踏着险滩的砾石
我赶来寻找
无法忍受思恋

长夜已经破晓　3321
如今天色已明
打开门户等待
去纪伊国的你
何时才能归来

门中的郎君　3322
已经到了宇智
既然如此思恋
现在立刻归来

此五首。

譬喻歌

筑摩的狭野方[1]
息长远智的菅草
不为编织割来
不为铺垫割来
割来放在一边
让我思恋不已
息长远智的菅草

此一首。

3323

1. 狭野方：可能是地名或植物名。不明。

◎ 这首歌表达了一位女子对任性妄为的男子的怨恨之情。

夜　神坂雪佳

挽 歌

3324 说起来诚惶诚恐
藤原的都城中
拥满了百姓
众多君主辈出
岁月来又去
侍奉君主的官殿
如同仰望天空
诚惶诚恐期望
何时长大成人
如满月一样无缺
春天来到的时候
皇子在植槻附近
通过松树下的道路
去眺望国土游乐
九月阵雨的秋天
官殿基石的四周
胡枝子沾露倾斜
令人赏心悦目
冬天降雪的清晨
拉开梓弓游猎
烟霞缭绕的春天
一直看不够大君

希望侍奉万代
这样期望的时候
是我哭泣的眼睛
因泪水模糊了吗
抬头仰望宫殿
被装饰成了白色
官人们穿着白麻衣
这究竟是在梦中
还是身处现实
张皇失措之际
走过城上的路
眼望着磐余
举行庄严的神葬
不知该去向何处
怎么也想不出结果
如何叹息也没用
皇子衣袖触过的松树
是无法言语的树木
月有阴晴圆缺
抬头仰望天空
倾心思念不已
令人诚惶诚恐

乾坤闪耀　横山大观

反歌

磐余的山上　　3325
飘着洁白的云
那是皇子吗

此二首。

虽然在大和国中　3326
该想什么办法
没有任何缘由
在城上的宫中
建造大殿隐居
清晨召唤使者
夜晚召唤使者
被召唤的使者
如群鸟在等候
可是没有召唤
刀剑般坚定的心
如云朵一样飘散
倒地哭湿了衣裳
还是伤心不已

此一首。

3327　三野的君王[1]
　　　建西厩养马
　　　建东厩养马
　　　割来青草喂马
　　　汲来清水饮马
　　　为何雪青马
　　　要这般嘶鸣

　　　反歌

3328　听雪青马的嘶鸣声
　　　是有什么心事吗
　　　与平常的嘶鸣不同

　　　此二首。

1. 三野的君王：栗隈王之子，橘诸兄和牟漏女王之父。壬申之乱后侍奉天武朝，并参与了《日本书纪》的编纂，历任大宰帅、造大币司长官、治部卿等职。和铜元年（708年），从四位下时殁。此歌通过咏唱马怀念三野王。

白云春恋 横山大观

3329　白云飘荡的国度

乌云低垂的国度

云朵下的人们

只有我思恋你吗

只有我在思恋你

说了充满天地的话语

是因为眷恋吗

心中苦闷不已

是因为思念吗

心中痛苦不已

思恋日益增长

没有停止的时刻

九月里想念你

要思念千年

要传颂万代

不知如何度过九月

如果岁月更迭

也不知该怎么做

山路崎岖不平

面向床一样的巨石[1]

清晨出门[2]叹息

夜晚归来思恋

铺散开黑发
没有人共眠
心如大船摇荡
辗转反侧的夜
已经难以计数

此一首。

1. 巨石：指石墓。
2. 门：指石墓旁为送殡守灵等临时搭建的小屋的门。

3330 泊濑川上游河滩

让八只鸬鹚潜水

下游的河滩上

让八只鸬鹚潜水

衔来上游的香鱼

衔来下游的香鱼

给美丽的阿妹香鱼

心里觉得可惜[1]

给可爱的阿妹香鱼

心里感到不舍[2]

箭矢[3]般远远离去

思念心不安

叹息神不定

衣破可以缝补

珠散可以再穿

可是再也不能

和阿妹重逢

---

1. "给美丽的阿妹香鱼"二句：意思十分难解。小学馆《新编日本古典文学全集》猜测，可能是因为渔夫生活贫困。其他注释书也都是推测，没有定说。
2. "给可爱的阿妹香鱼"二句：此二句未见于西本愿寺本，此处保留了元历校本和《类聚古集》的形态。关于此二句的意思也诸说不定，译者参考了岩波书店《新编日本古典文学大系》的论说。
3. 箭矢：当时的捕鱼工具。岩波书店《日本古典文学大系》（补注）引用羽原又吉氏的观点说，日本古代，九州及其他地方都广泛使用矢和投枪一类的捕鱼工具。

◎ 此歌的前半部是以相闻歌的形式展开的，后半部才转入挽歌。

泊濑山忍坂山　3331
横看如在奔跑
纵看更加美妙
如此珍贵的山
荒芜令人惋惜

唯有高山和大海　3332
高山如此现实
大海如此真实
可是现世的人
如花朵般短暂

　　此三首。

3333　遵从大君的旨意
　　　离开丰饶的大和
　　　从大伴御津出发
　　　大船插满楫桨
　　　清晨水面浪静
　　　水手呼声不断
　　　傍晚水面风平
　　　传来阵阵桨声
　　　航行而去的你
　　　何时能归还
　　　虔诚祈祷占卜
　　　是胡言乱语吗
　　　筑紫山红叶飘散
　　　听说那就是你

　　反歌

3334　是胡言乱语吗
　　　你说过长相守

　　　此二首。

◎ 卷十三·3333 是奉命赴筑紫任职的丈夫亡故，收到悲报的妻子咏唱的。

路上的行人　　3335
越过高山原野
渡河踏上海路
令人敬畏的大海
没有轻轻和风
没有微微细浪
航程上的惊涛骇浪
让谁感到揪心
径直渡过去了吗
径直渡过去了吗

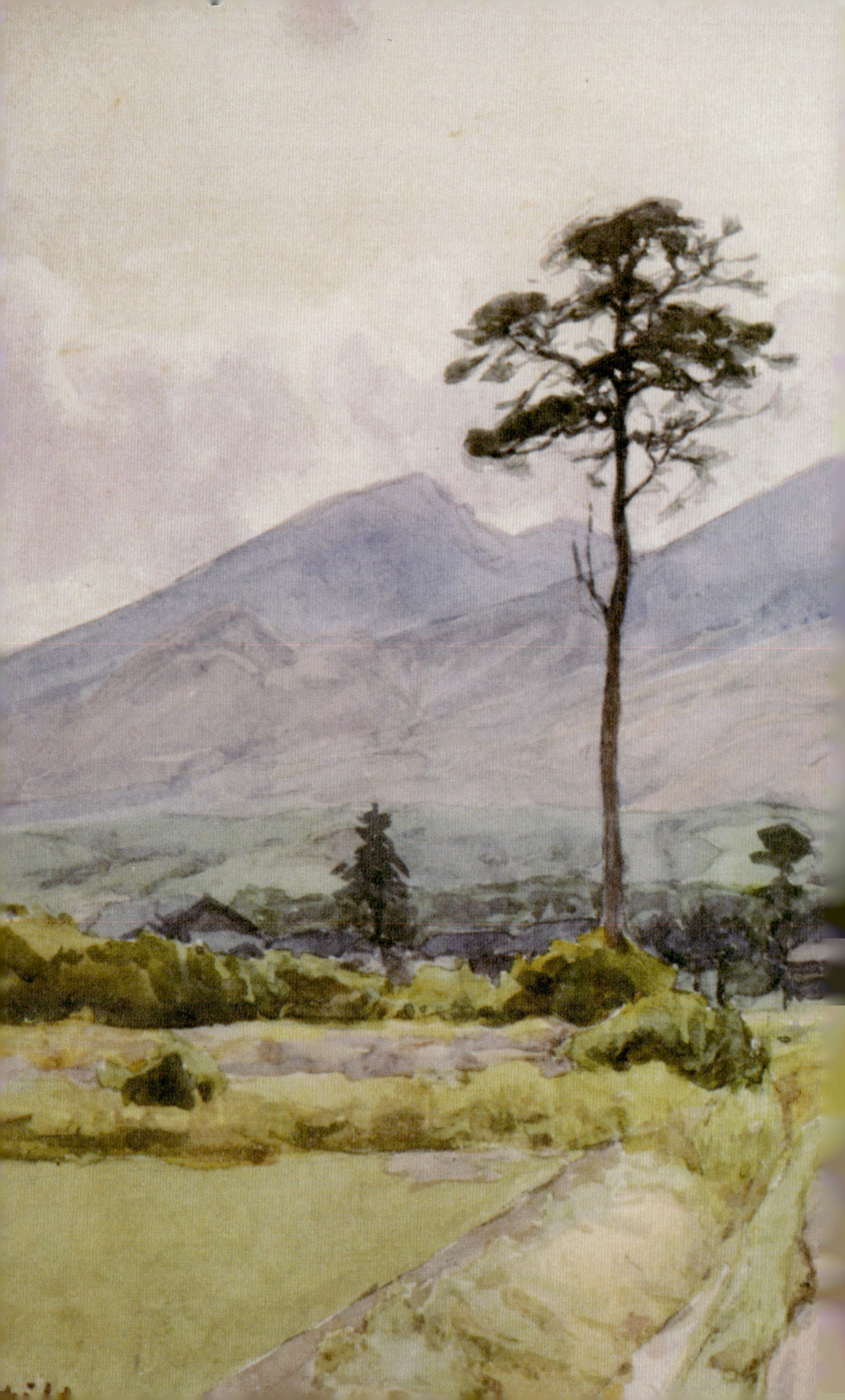

浅间山 吉田博

3336　在所闻[1]的海上

　　　高山是屏障

　　　海藻是枕头

　　　身上没有穿

　　　蛾羽般的薄衣

　　　海边倒毙的人

　　　是父母的爱子吧

　　　有年轻的妻子吧

　　　如果有心事

　　　可以去转达

　　　问家不应声

　　　问名不回答

　　　如哭泣的孩子

　　　什么也不言语

　　　想来令人悲伤

　　　在这个世上

　　　在这个世上

---

1. 所闻：读作 kashima，所在不详，能登有"所闻多祢"的地名。此外，异传歌卷十三·3339 中唱的"神岛"被称作 kashima。

反歌

父母妻子儿女　　3337
翘首等你归来
令人无限悲伤

在山路上行走　　3338
风起浪涌的海路
　不要去航行

或本歌
备后国神岛浜[1]，调使首[2]，见尸作歌一首并短歌

3339　上路起程出发
　　　越过原野高山
　　　渡河踏上海路
　　　没有习习的和风
　　　没有微微的细浪
　　　令人敬畏的大海
　　　波浪涌向岸边
　　　高山是屏障
　　　海岸是枕头
　　　海边倒毙的人
　　　是父母的爱子吧
　　　有年轻的妻子吧
　　　问家不应声
　　　问名不回答
　　　在惦记谁的话语
　　　波浪汹涌的大海
　　　径直渡过去了吗

1. 备后国神岛浜：备后国，相当于今冈山县西部及广岛东部。神岛，位于备中西部。有研究者认为备后是备中的误记，还有人认为可能神岛一带曾属于备后。
2. 调使首：调使，即调使主的简称，名字和所传不明。首，为姓。

反歌

父母妻子儿女　　3340
翘首等你归来
令人无限悲伤

家人们在等待　　3341
可你枕卧在
荒凉的礁矶上

你倒毙在岸边　　3342
今天能归来吗
妻子正悲伤等待

海浪涌到岸边　　3343
海滩倒毙的你
不知道回家的路

此九首。

3344 这个月能回来吗
像等待大船归航
时时刻刻期盼
我要等到何时
人生聚散无常
如红叶般飘散
听了使者的话
大地如同烈焰
让人坐立不安
不知要去何处
朝雾一样迷茫
深深叹息不已
可是毫无用处
如今你在何处
追寻你的行迹
即使死在路上
可是辨不清道路
独自思恋你
不禁失声哭泣

反歌

看见苇丛上的雁翅　　3345
想起你佩带的投标

此二首。但,或云,此短歌者防人之妻所作也。然则,应知长歌亦此同作焉。[1]

---

1. 左注记载,这首短歌是防人之妻的歌,若如此,卷十三·3344 也应是防人之妻之作。防人,为了守护筑紫、壹歧和对马等九州西北边防的安全,大和朝廷从诸国,尤其是从东国的军团中抽选强壮的兵士,将他们派遣到九州西北各地,称作防人。

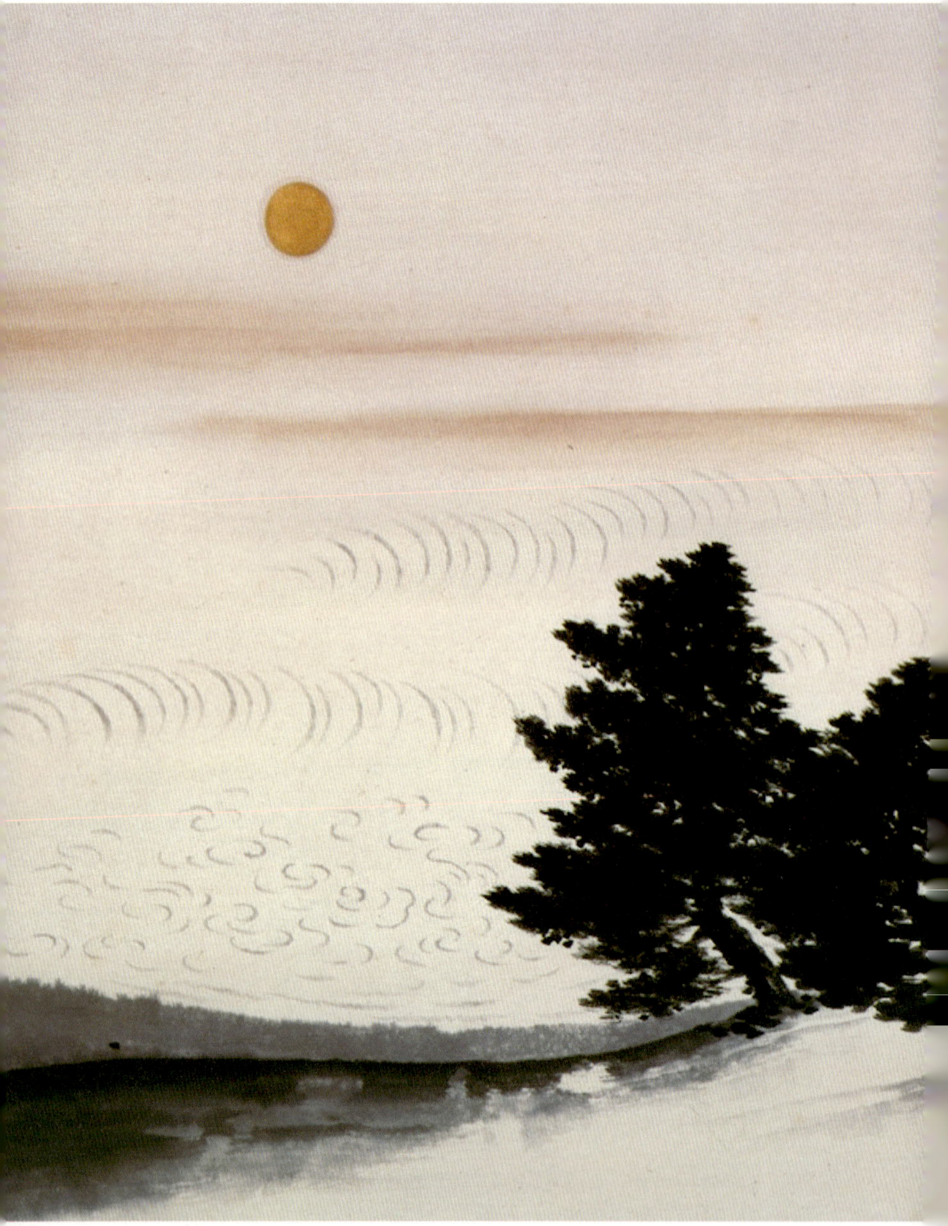

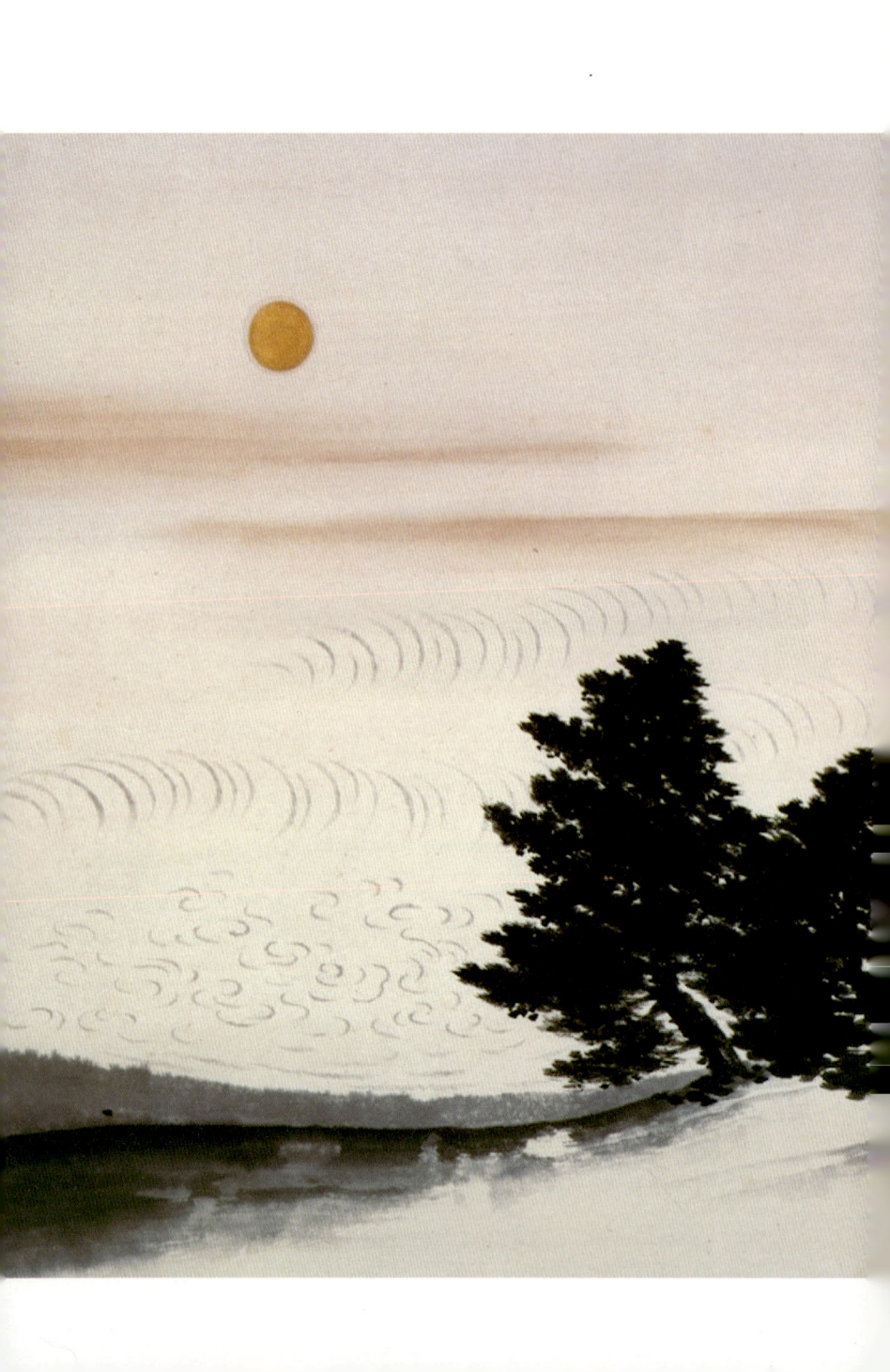

想看见白云那边　3346
美丽的十羽松原
大家一同去看啊
　同样是离别
　就在故乡离别
　同样是离别
　就在家中离别
　恨天地神灵
以草为枕的旅途
　能离开阿妹吗

　　　　　反歌

旅途上远离阿妹　3347
　想起回家的路
　令人痛不欲生

　　此二首。